九龍爭霸 2

EPISODE 01

歐子爭 著

前言

《九域爭霸》是有關網絡遊戲世界的小說，故事內有不同的元素，包括：魔法、武功、科技武器、修真等等，是包羅萬有的玄幻小說。

故事的核心是名為「九域爭霸」的「第一身實感」體驗遊戲，所謂的第一身實體就是玩家透過特別的裝置就能夠真正進入遊戲世界，在遊戲中感受與現實無異的體驗，可以說是一個新世界，玩家的第二人生。

現實往往會令人感到無力，我相信香港人對於「無力感」這三個字有很深刻的體會，一直以來我們所信奉的東西逐漸消失，然而我們沒有能力阻止

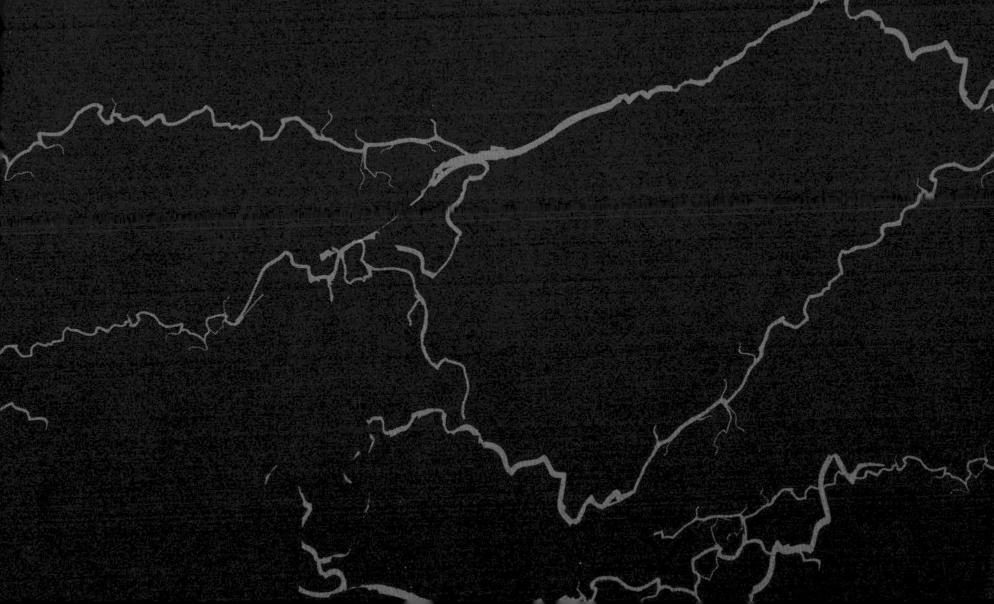

洪流。我創作《九域爭霸》的原因或許是出於一點幻想和妄想，幻想現實世界會出現同樣的遊戲，能讓我體驗超人般的生活，甚至是擁有超人般的能力。

現在是艱難的時代，很感激孤出版找我出版這部小說，話不多說，希望大家會喜歡我這部作品，一起體會故事中的奇幻遊戲世界。

EPISODE 01

R-MMORPG

CONTENTS

楔子

三千世界內有著不少獨立次元，每個次元在擁有同樣的資源的前題下出現了不同方向的發展，有的發展為魔法世界、有的是修真世界、又有武術世界，更多的是沒有任何力量體系的低等階次元。

次元就是小千世界，三千小千世界成就如今的三千大千世界。

某個次元的次元壁膜外，有七個人，不，是七頭惡魔，他們一字排開，手中拿著不同武器，散發出恐怖的氣息，他們每一位都身懷毀滅天地的力量，單從身上洩漏出來的氣息就知道他們最低限度都已經踏進了「神明五階」的門檻。

額頭上長有兩根山羊角、臀部拖著長長山羊尾巴的惡魔，拿著一根權杖——一根雕上蒼蠅腦袋的權杖。

他說：「就是這個次元。」

另一位騎著機械大蛇，背上長有十二片黑色羽翼的惡魔說：「我的探測器感應到了，在次元壁膜外有強大的禁制。」

一對並肩而立，各長有三對黑色羽翼的惡魔齊聲道：「那是神明七階的禁制，要破開它根本不可能。」

戴著血色面具，背上長有肉翅的惡魔說：「一起攻往同一點，或許可以成功破開禁制。」

站在烈火戰車上的惡魔輕拍背上黑色羽翼，緩緩坐下道：「不可能破開的，還是算吧。」

「別說廢話，一起攻擊吧！」一團黑煙說。

七位惡魔一起使用他們的「靈異力」，七道強大力量一同衝往次元壁膜外的禁制。七道力量撞在禁制上，弄出一道道閃光漣漪，在力量散逸後，禁制依然完好無缺。

有個人出現在禁制之外，他擁有一張俊美的臉、長髮及腰，身穿純白色的絲質長袍，以傲視世人的語氣道：「別做無用之功，回去你們所屬的世界吧！」

七人怒氣沖沖的瞪著那人，卻沒有作出攻擊或是順從他的意思離去。

白袍人取出兩把筆架叉，強烈白光從一對筆架叉發出，強大的威壓如洪水般壓向七人。

「神明六階的威力果然很強大……不過我們可不一定會比你弱！」騎著大蛇的惡魔道。

七位惡魔不再留手，把所有力量激發，以威壓抵抗威壓。

突然，所有的威壓完全消失，兩道光影出現在兩方人馬的中間。

「我跟你們說過，別擾亂這個世界的平衡。」其中一道光影看著七位惡魔道。

另一道光影張開一對白光羽翼，「我現在就驅逐你們離開這個空間！」

一道強光映照在七位惡魔身上，他們沒有反抗，只是臉上掛著不甘的表情，不消三秒他們就完全消失，被強制傳送回去他們所屬的「大陰次元」。

「廖遠吉、沙利葉。」白袍男收起武器道。

「路西法，他們七個快將按捺不住，這一世代只能靠你來領軍了。」展開了白光羽翼的沙利葉道。

白袍男，也就是路西法說：「不，不是我。」

「沒錯，不是你。」廖遠吉看著次元壁膜內的世界，「是他。」

一場足以影響多個次元的大戰即將展開，關鍵人物已經悄悄降臨到名為「九域爭霸」的特別次元內……

CHAPTER 01

始動之章

三十年前，XY科技有限公司首創「超實感傳導器」，該產品能夠把玩家意識直接帶進遊戲世界內感受「第一身實感」體驗。後來發生了一次重大事故，導致大量玩家無法離開遊戲世界，因事故而變成植物人的人數高達三千二百五十四人，公司被大量受事故影響人士的家屬追討賠償，為了支付大量賠償，公司被逼宣佈破產。

二十年後，節能集團取得「超實感傳導器」藍圖並加以改良，最終製作出「夢之橋」——能夠把玩家意識帶進遊戲世界的新型裝置，夢之橋搭載了全新的安全機制，並且得到了多國的安全認證，確保了安全機制能夠避免再次發生重大事故。

取得認證後，節能集團著手於開發「夢之橋」的應用程式，於八年前開發出名為「九域爭霸」的實感遊戲。全世界的玩家可以登入到相同的伺服器內一同遊戲，透過系統內的即時傳譯功能，就算是言語不通的玩家在遊戲內也能夠盡情交流。

九域爭霸的世界觀很大，共劃分為九個域界與一個域界戰場，九個區域分別是佛國域、科技域、魔法域、武林域、修真域、無間域、幽冥域、異能域、役使域，玩家選擇不同域界作為出生地點，出生點將會影響角色能夠學習的能力。

九域爭霸沒有「系統修正」，所有攻擊都要由玩家自行發動，當玩家能夠完成指定的攻擊軌跡或滿足發動條件，才會有相應的技能效果出現。另外遊戲設有肚餓、疲勞、痛覺等真實感覺系統，讓遊戲更加逼真。

香港，某廉租劏房內。

劏房不算髒，可是環境局促得很，除了地方狹窄外，更沒有半個窗戶。有位十七歲的小傢伙拿著一張全家福，若有所思的坐在那張殘破不堪的木床上。

「爸爸、媽媽，我一定會救你哋出嚟，我一定會救你哋出嚟㗎！」他堅定道。

他的父母是第一批進入「九域爭霸」的玩家，父母在遊戲中取得大量遊戲幣，並把遊戲幣換成港幣，使整家人由草根階層躍升至中產階層，生活質素得到很大改善。可惜好景不常，父母在某一天進入遊戲後就再沒有登出，他嘗試過各種強制登出方法，甚至聯絡了節能集團的工程人員，可是都無法讓父母離開遊戲。

父母變成了植物人，他決定控告節能集團，可是他的案件卻因為「證據不足」而不獲受理，更沒有任何媒體報導這宗新聞，彷彿他父母的事故從來都沒有發生過。既然不能夠透過法律追訴節能集團，他決定利用網絡力量，當他嘗試把自己的經歷放到互聯網時，卻發現不能夠在任何論壇、通訊軟件發布有關資料，彷彿有個隱形人時時刻刻都在監控他，並早他一步把相關資料刪除。

最後，他決定親身進入九域世界中找尋父母的下落。

今天，是他登入遊戲的日子。

他戴上了「夢之橋」眼罩，眼罩透過特別的光線令到使用者進入「失神狀態」，再透過連接在太陽穴的收發裝置來幫助使用者與伺服器連接，把玩家的意識帶進遊戲世界。

甫戴上眼罩，他便看到眼罩內的光芒在快速閃動，很快就有種昏昏欲睡的感覺……

「神經連接完成，靈魂接收，確認為第一次登入者，啟動新手訓練教程。」

「教程準備中……教程準備完成。」

當他感覺到意識再次恢復過來時，已經身處在一條光亮無比的管道中，管道外是漆黑的宇宙，遠處有不少銀河在閃爍流動，使他看得入神。

「歡迎登入『九域爭霸』。」有把女性聲音出現。

黑衣少女伏在一個白色圓球上看著少年，她戴著一個耳罩式耳機，「你好，我是新手導航員。」

「你好。」少年說。

「請問你的真實名字是？」

「真實名字？」少年不禁皺起眉頭，心中暗想，「玩一個遊戲有必要提供真實姓名嗎？」

「對，假若你不提供真實名字，那麼所有在遊戲中獲取的金錢或珍貴道具將不能夠轉換成真實貨幣。」

節能集團壟斷了此遊戲的虛擬寶物交易市場，少年因而知道為何節能集團會大費周章來禁止他發布不利消息，就是為了一個簡單原因——龐大的利益。

「江河。」

沒錯，少年的真實姓名就叫江河，全因他的父親姓江，母親姓河，他們不想費神想個名字，索性使用二人的姓氏來組成兒子的姓名。

「江河，年齡十七歲，性別為男性，身高一米七十二，體重六十公斤，腰圍……」少女鉅細無遺地說出江河的身體特徵。

「你……？」

「喔，這些基本資料在你連接眼罩後我們就已經取得，是用來建構你的角色使用。」

她左手托腮，右手指頭在胸前舞動，就像在敲打一個不存在的鍵盤似的，「你打算為角色改個甚麼名字？」

江河倒吸一口氣，想了一想，「江河。」

「喔？用真實名字，那麼外貌呢？」

除了身形不能改變外，外貌是任由玩家更改的。

「保持原狀。」

「明白。」

江河會進入遊戲就只有一個目的，就是找回失蹤的父母，他使用真實姓名、真實樣貌，那麼能夠找到父母的機會也許會增加一點點。

「所有資料已經齊備，好了，現在請你選擇你所屬陣營。」

「所屬陣營？」

「看來你沒有做好資料搜集，那麼我就為你好好講解吧！」

玩家能夠在九個域界中挑選任何一個陣營，而各個陣營亦有其獨特之處。

佛國域，一個男多女少的域界，所有進入佛國域的人都會強制成為佛門中人，若自願剃度或堅守戒律將得到系統增益效果。佛國域的玩家擁有使用「法相」的能力，僧人們能夠以獨特陣形擺位組合成不同大陣，防禦力是九域之冠。

科技域，一個使用科技武器的域界，科技域玩家的肉體強度比起其他域界要低得多，不過卻擁有使用科技武器的優勢，任你肉身再強橫，吃一炮特斯拉死光炮也只會落得身上多了兩個血洞的下場，順帶一提，科技域是成長最快的域界。

魔法域，顧名思義是使用魔法的域界，他們擅長大規模攻擊，破壞力稱冠。

武林域，不斷訓練肉身的域界，善用各種兵器，配合內力發揮出驚天威力。

修真域，要花費長時間修行，假若能夠破開界限到達仙人境界，實力絕對不會比其他九域弱。

無間域，神秘的域界，所有玩家都沒有任何能力、任何異能，卻要在無間地獄中不斷接受各種刑罰折磨，只有極少數玩家會選擇它。

幽冥域，幽靈域界，有很多遊魂野鬼存在，幽冥玩家會掌控一種名為「鬼力」的能力，鬼力越高就能夠操控越多遊魂野鬼。

異能域，所有玩家都會天生賦予一種異能，該異能不能更改，變強方法只有不斷使用異能，使用異能時要消耗一定精神力。

役使域，在同一個域界內同時存在兩股強大勢力，分別為操控龍族的「御龍者」和能夠召喚式神的「式神使」。

「你要選擇甚麼域界？」少女問道。

江河沉思片刻，按著太陽穴道：「異能域。」

「了解，遊戲馬上開始，祝閣下能夠稱霸九域，武運亨昌！」

江河感覺到有股吸力在腳底出現，然後整個人就被吸力吸向往管道下方。

江河消失了，黑衣少女仍然騎在白色圓球上。

少女看著下方的無底黑洞，慵洋洋地說：「父神說他就是『下一位』，不過怎樣看都只是一個普通人……呵欠，真累啊！回去好好睡一覺算了，這次睡多少年好呢……」

江河一直被吸力拉扯，當吸力減弱後他漸漸可以看見周遭風景，在吸力完全消失後，他已身處在一條簡撲的小鎮內。他身邊有橙柱、木製椅子和一大片草地，而周圍的木屋都採用了西式設計，是很有歐洲農村風味的現代小鎮。

江河嘗試往前走，卻發現雙腳動不了，就像被隱形的鎖扣鎖在地面。

一把電腦聲音在他腦內中出現，「玩家江河登入異能域，位置在柏柏尼小鎮。收到兩則短訊，要否讀取？」

「要。」江河道。

「訊息一，文字訊息。」

江河眼前出現一堆文字。

寄件人：系統

時間：2047年7月17日 10:23:58(+8)

歡迎加入九域爭霸，玩家每次登入的時候會有三分鐘無敵時間讓玩家處理日常事務，在無敵時間中途玩家將不能移動，不會見到其他玩家同時其他玩家亦不會見到閣下。如須跳過這個狀態，只需要在設定中更改預設設定即可，祝閣下能稱霸九域，武運亨通！

江河右手虛點在眼前訊息右上的交叉按鈕。

「訊息二，立體視像訊息。」

兩個無比真實的身影出現在江河眼前，江河見到他們，頓時雙眼一潤，哭成淚人。

「爸爸！媽媽！」江河大聲呼喊，他很想馬上跑過去抱住父母，不過他動不了。

母親穿了一身古典長袍，腰掛一柄銀白長劍，頭插玉製髮髻，縱已四十之齡仍然風韻猶存。

「兒子，我們知道你一定會來遊戲世界找尋我們，要是你看到這段訊息，就代表我們真的被人發現了。」母親無奈笑道。

父親戴著一頂純黑魔法帽，披著一件黑色長袍，長袍上有很多星光閃爍，活像一條銀河，他伸出右手，就像想輕撫江河的臉龐一樣。

「兒子……是我們不好，不能繼續照顧你，你不要嘗試找我們，否則你也可能落得同樣下場。」

「不！！我一定找到你們，一定會救你們出來！」江河高聲呼喊。

「我們都很愛你，保重。」母親父親齊聲道。

訊息結束，只剩下滿臉淚痕的江河。

「訊息結束，附加兩件郵寄道具。」

江河右手一揮，呼叫出選單，從選單中點選了收件箱並把郵件打開。

「得到 $1,000,000九域幣。」（$4九域幣市值等同$1港元）

「得到 黃金劍。」

江河點擊黃金劍，查看解說。

道具名稱：黃金劍
分類：武器（單手劍）
評級：普通
解說：黃金劍，以黃金煉製的長劍，是一把很堅硬的長劍，適合新手使用。
配帶等級：1
價值：$100,000（遊戲內所有「$」符號皆為九域幣）

看來是一把很適合新手使用的武器。

江河穩穩地抱著黃金劍，他知道這把劍是父母送給他的禮物，一定要好好保管。

當江河取得父母留給他的道具後，登入保護時間剛好結束，身旁頓時出現了不少玩家，每個人都穿著各有特色的衣物，有現代衣服、古典唐服、中世紀盔甲等等，令人目不暇給。

江河右手往一旁揮動，呼叫出狀態列。

姓名：江河
稱號：新手
性別：男
種族：人類
公會：N.A.
等級：1
生命值：100/100
經驗值：0/100

狀態列列出了他在遊戲內的能力，至於魔力值、攻擊力、防禦力、速度等等數據則沒有顯示。

江河終於肯定父母在遊戲世界中捲入了可怕的事件，所以他們才不能夠逃出來，根據剛才的訊息，他們早就知道會有這個結果。

「先到附近看看。」江河跟自己說。

「小兄弟！要過來接受訓練嗎？」滿臉鬍子的大叔大喊。

江河看看兩旁，指著自己下巴問道：「你是跟我說？」

「當然是你，你不是剛加入的新玩家嗎？」

「你怎知道？」

「因為新玩家的頭上會有一個綠色十字架圖案。」大叔笑道。

江河朝頭上一看，果然有一個綠色十字架，在注視綠色十字架的時候，一段訊息就出現在他眼前。

「新手保護——七天內身處城鎮將不會受到玩家攻擊，剩餘六天。」

「哦，原來是這樣。」江河如小雞啄米般點頭。

大叔指著身後的草地說：「來吧，就讓我教你一點新手必須知道的知識。」

「謝謝你。」

「不用客氣，教授你基礎知識後，我亦能夠取得豐厚報酬。」

在遊戲中教授新玩家指定知識是會得到大量獎勵，為此，有不少人會在城鎮內開設訓練學校，把自己當成遊戲導師，把所得到的獎勵換取成真實貨幣，以此當作現實的職業。

大叔帶著江河去到草地，拿出一把短劍。

「我現在先教授你使用異能。」大叔道。

「異能？」江河疑惑道。

大叔右手輕打一個響指，「你跟著我做。」

江河點頭，輕打一個響指，一個視窗就在江河眼前出現。

「你把視窗按到技能那一頁。」大叔道。

江河在「技能」二字上輕按，視窗就轉換到技能頁，他看到一行技能，這個技能名為「劍術掌握」。

名稱：劍術掌握（被動）
種類：異能
條件：使用劍類武器
描述：能夠提升持劍時的攻擊力

「你技能是甚麼？」大叔問道。

「劍術掌握。」

大叔緩緩點頭道：「是很常見的技能，只要你多加使用就能夠啟動下一層異能，只要滿足技能的發動條件就能夠啟動異能效果，由於你的技能是被動技能，只需要手握長劍就能發動效果。現在已經教授了你異能的基本使用方法，接下來就教你其他基礎知識……」

大叔開始對江河進行了詳細的指導，把九域爭霸中的資料鉅細無遺道出。

九域爭霸內除了魔物之外沒有任何NPC（Non-Player Character非玩家角色），就連商店店員或是一國之君都是由玩家來擔任。在遊戲世界中只要玩家死亡，角色的所有資料都會被刪除，因此要盡可能避免死亡，以免一直以來的心血付之一炬。

玩家與玩家之間的戰鬥是容許的，不過失敗的下場就是死。在殺死玩家後，角色將會被一陣微弱紅光包圍，頭上的名字更會變成鮮紅色，任何人殺死有紅光護體的角色都能夠得到大量獎勵。

由於九域爭霸是實感遊戲，角色的等級不會影響他的戰鬥力，而玩家可以選擇開啟「超實感痛覺系統」（預設開啟）以增強反應力，當然大部份玩家因為怕痛，所以都選擇了比較遲鈍的「第三身感受系統」。

異能域每年都會舉辦域內大賽，任何人都能夠參加，勝出者將能夠得到富可敵國的報酬，以及得到能夠統領域界戰場的「異能域兵符」一枚。

在所有域界之內都會有一個名叫「萬事樓」的公會，據聞它是由遊戲管理員（Game Master）所組成，千萬不要愚蠢到挑戰他們。任何人願意付出指定代價，就能夠得到他們的幫助。

江河細心咀嚼所得的資訊後，大大加深了他對遊戲的認知，想不到九域爭霸有別於其他同類型遊戲，或者九域爭霸根本不只是一個遊戲，更是一個真實世界。

CHAPTER 01
1.2

江河現身處於柏柏尼小鎮，這裏是異能域「東方大陸」的一個小鎮，建築物都帶有歐洲農村的簡樸風味。在柏柏尼小鎮周圍是翠綠得像照片般的草地，配上實感系統的觸感與視覺，就算把登入遊戲當成一趟旅行都值回票價。

基於九域爭霸是如此真實，有很多人會到遊戲內旅行，在遊戲內有很多恍如仙境般的景點，包括天空之城、反重力浮海、海下龍宮、火山宮殿等等，他們能夠在遊戲中親眼看到在現實世界中根本不會存在的壯麗畫面，而且費用比起現實世界的旅行要便宜得多，不少「九域旅行團」因此而生，提供多種就算是等級一的新手都能夠參與的奇幻旅程。

九域爭霸，確實影響了很多人的生活習慣，亦創造出很多新的產業。

大叔得到豐盛的獎勵後，眉開眼笑地往酒吧走去，在離開之前還與江河交換了名片，交換名片後他們就能夠使用遊戲內的通訊系統進行書信或語音交流。

「警告：遊戲時間已達到30分鐘。」機械的聲音在江河腦海中出現。

為免玩家過於沉迷在遊戲世界中，遊戲中每過三十分鐘就會報時一次，這個功能可以在系統設定中取消。

江河心中暗想，明天是星期六，既然不用上課就算晚一點睡也沒有關係。要得到父母的線索，就先要在九域爭霸中取到一定的資源和權力，否則就算找到他們的藏身位置，也不可能順利救出。

剛才的大叔提點過江河，新手應該去城鎮中心的任務廳接取任務以賺取金錢和經驗，只有不斷戰爭和賺錢方能夠往上流動，成為一方霸主。

江河依照大叔之言，去了城鎮中心。

城鎮中心聚集了大量玩家，不少玩家身上的裝備眩目得很，有燃燒中的赤紅盔甲、若隱若現的動物附靈裝備、通體發光的長槍……難怪會有那麼多人被九域爭霸所吸引，單是他們身上的裝備已教人目不暇給。

江河走到任務板前，大量文字就從任務板飄浮出來，飄到他的眼前浮動。由於任務太多，江河使用了篩選功能把一些適合新手的任務留下。

花多眼亂的任務使江河在一時之間難以作出抉擇。

「就這個吧！」江河右手輕點其中一項任務。

任務名稱：恐怖的食人蛙
任務類別：系統任務
建議等級：1
任務描述：柏柏尼小鎮西面大約五百米外，有一個名為柏柏尼森林的地方。聽說有孩子進去森林遊玩後失去了蹤影，就連屍體都找不到，據村民口述，在森林之內有一個小型湖泊，湖泊細小，直徑只有約一百米，有一種會食人的青蛙居住在那個神秘湖泊內……
完成條件：殺死「食人蛙」五隻
獎　　勵：食人蛙腰包（能夠儲存五件裝備的空間道具）

遊戲內的裝備都必須放進「儲物道具」內，否則只能夠用手拿著，江河想到背上沉重的黃金劍，是時候找個容器好好存放它。

江河按下了「接受任務」後，朝小鎮西面出口走去。

耀目的陽光傾瀉而下，江河由心讚嘆「夢之橋」系統的真實感，他開始有種感覺，覺得這個世界並不是虛構而是真實存在的，除了陽光的溫暖外，偶爾拂面而過的清風亦讓他覺得這裏就是現實世界。

「對了，要啟動『第三身感受系統』，我可沒有心理準備被魔物打得滿地找牙。」

江河右手往一旁掃去呼叫出選單，右手在選單上虛點，進入了遊戲設定頁，當他在「第三身感受系統」上輕按時，一個警告訊息就在他眼前出現。

「警告：系統模式不能夠轉換。」

江河完全摸不著頭腦，繼續輕按模式轉換按鈕，然而只有警告彈出，卻沒能把模式轉換。

「幹嘛不能夠轉換？」

江河浪費了十分鐘後，決定放棄，繼續前往柏柏尼森林。

沿途上，江河遇到很多玩家，他們都能夠使出各種各樣的技能，有的能夠噴火、有的可以飛天、有的可以呼喚疾風，看得他心癢癢的。

「不知道我的異能會如何發展呢？」

柏柏尼森林，一個不算大也不算小的森林，在森林之內有很多低等級魔物生活，很適合新手在裏頭提升等級，不過在森林的中央區域住有一頭名為柏柏尼犀牛的高等級魔物，要是沒有相應的技巧或足夠的隊友，鐵定會死在柏柏尼犀牛的犀牛角下。

江河正要步進森林，發現在森林邊緣的樹木還很年輕，看樣子不過只有幾十年樹齡，不過隨著他深入森林，發現周圍的樹木變得越來越粗壯，在重重樹影包圍下，猶如身陷黑色世界，要不是有少量陽光仍能穿透樹葉映照而下，恐怕這裏會黑得伸手不見五指。

江河毫無目標，在森林內閒逛了半個小時，他發現如果沒有地圖，要在森林中識辨自己的位置是極為困難的事，而且在實感系統下，他已經感覺到很累、很渴。

他坐在樹根上休息，身後傳來一陣怪聲。

「咩……咩……」

江河轉身一看，見到一頭長滿葉子的山羊，他定睛一看，山羊魔物的資料就出現在牠的頭上。

魔物名稱：葉子山羊
等　級：1
種　族：陸行獸族
屬　性：木
描　述：生活於森林中的山羊，喜歡把樹上的葉子咬下來貼在自己身上，當身上的葉子枯萎後，就會換上新的葉子。
特　性：被動

「是魔物嗎？」江河一邊說話，一邊取下背後黃金劍。

黃金劍的劍柄傳來冰冷的觸覺，那仔細的觸感使江河有一瞬間以為自己處於現實世界之中。

眼前的葉子山羊一動不動的站著，使江河不知道應該如何下手。

「抱歉了……」江河提劍過頭，朝葉子山羊的頭上敲下去，沉重的劍身配上鋒利的劍刃，輕易就把葉子山羊的腦袋劈開一半。

「葉子山羊生命值歸零，獲得經驗值13，獲得道具：綠葉 ×2、山羊角 ×1」

一般道具有別於裝備，材料道具是可以任意存放於系統之中，所以剛才得到的綠葉和山羊角已經自動存放到江河的系統寶箱內，他能夠隨時隨地呼叫寶箱拿取道具。

江河從寶箱拿出了山羊角，放在手上仔細查看，「同樣是很真實的觸感，就連紋路都很真實……」

「你一個人？」是一把女性聲音。

江河錯愕地問道：「你是？」

這位女生穿了一件露出肚臍的胸甲，盡顯蠻腰曲線，下半身是一條金屬百摺裙，配合起來使她散發出一種冷豔之美。

江河目不轉睛的看著少女，完全入迷。

「嗯？怎樣？是不是一個人？」少女問道。

江河連忙點頭。

「要組隊一起練功嗎？」

跟其他線上遊戲不同，「九域」內並沒有組隊經驗值加乘的設定，換句話說，本來一頭魔物有一百經驗值，有一個二人隊伍把牠殺掉的話，每人各自會得到五十經驗。雖然這樣的設定會使一些多人隊伍效益比起單獨戰鬥要低得多，不過為了增加存活率，很多人都願意組隊升級。

「組隊？好啊。」江河說。

少女右手在身前連續虛點，一段訊息就在江河眼前浮現。

「玩家：*Tracy Mak* 邀請你加入隊伍。」

組成隊伍後，江河就見到Tracy頭上出現一行生命條。

「你有沒有任務在身？」Tracy問道。

「有，食人蛙任務。」

「喔，我帶你去先完成它。」

CHAPTER 01 1.3

Tracy帶著江河走了一段路後，去到一棵倒下的大樹前，樹幹上有個大洞，他們穿過大洞去到一個蝴蝶滿天飛的花圃。

「這個花圃是『柏柏尼犀牛』的領地，要小心別弄到那些紅色的花。」**Tracy**道。

江河朝花海望去，森林的古樹很有默契地留下一個方圓百米的區域，只是不知道花圃是天然而成還是有人刻意開闢。圓形空地布滿各種各樣的花卉，在正中心位置有一塊高一米的巨石，在七彩花海內的確有些零星紅花在微風中搖曳。

江河跟在**Tracy**身後穿過花海走到對面，前方是一條布滿泥漿的小路。

「沿住小路走就可以去到。」**Tracy**領路，踏上泥濘。

江河隨她往前走，腳踏泥濘的真實觸感讓他感到有點噁心。二人沿住泥路走了約三分鐘，去到任務中提及的湖泊。湖泊被巨大樹冠所覆蓋，在缺乏光線的環境下，湖水就像黑色的死水，也像一面漆黑的鏡子。

「你可以開始。」**Tracy**道。

江河右手輕撓後腦，問道：「我應該怎做？」

「你是第一次進入遊戲？」

江河點頭。

「那些你背上的黃金劍是？」**Tracy**皺眉問道。

「別人送的。」

「啊……還以為你是『再生玩家』。」

由於角色死亡後所有資料都會被刪除，而且身上的裝備都會掉落，所以有些玩家在進行危險任務前會把貴重的裝備先轉移到朋友身上，要是不幸掛掉也可以取回裝備，再次創造角色進行遊戲。

這一類曾經玩過「九域」的玩家，稱為「再生玩家」。

「再生玩家？」

Tracy無奈聳肩道：「還以為你只是沒有來過這邊才不知曉湖泊位置……罷了，我幫你引牠們出來。」

Tracy拾起腳邊的一枚石頭，把它朝湖中擲去，石頭竟然拉出一條火焰尾巴。

「厲害……」

「這是我的異能——火焰投擲，只要是我親手投擲出去的東西都會附上火焰屬性。」

江河還在感嘆Tracy的能力很酷的時候，湖中已躍出幾頭通體黑色的青蛙，食人蛙們張開血盆大口，露出口腔內的尖銳牙齒。

魔物名稱：食人蛙
等　　級：2
種　　族：兩棲獸族
屬　　性：水
描　　述：住在微弱水流的湖泊中，喜歡把湖邊出現的生物拖進湖中殺害，最喜歡的食物是人類。
特　　性：主動、水適應、毒素

食人蛙躍出水面同時吐出他們的鮮紅長舌，企圖把二人拖進湖中。

江河拔出黃金劍，心跳不斷加速，口腔變得異常乾燥。在他眼中看來，那些長長的紅舌完全沒有軌跡可言，要躲躲不過，要擋下亦有難度。

「還在等甚麼？上吧，牠們只是很低等級的魔物，不會殺死你的。」

江河聽到**Tracy**的說話心中就踏實得多，記起現在只是在玩遊戲，根本不需要那麼緊張。

江河雙手握著長劍，由右下方往左上挑去，一道金光把眼前的紅舌斬斷，只可惜他不可以跳到湖中追殺食人蛙。正當江河不知道如何追擊之際，食人蛙利用湖上的荷葉再次躍起，跳到江河前方。

「你對牠們造成的傷害已經儲起足夠的仇恨值，所以牠們才會跳到陸上，這是一個幹掉牠們好機會。」**Tracy**在後方說。

江河微微點頭，謹慎地看著前方三頭食人蛙。

江河還是頭一次面對想殺掉他的魔物，出於本能只作防守，相反，食人蛙沒有放軟手腳，積極地朝江河猛攻，牠們的攻擊很簡單，就是單純吐舌，江河很快就熟習了牠們的攻擊模式，轉守為攻。

「看招！」

有「劍術掌握」幫助，江河斬擊的攻擊力和速度比起正常新手要高，就算對上比他高出一等的食人蛙也能遊刃有餘。

轉眼間，地上只剩下三具分開兩半的屍體，屍體化作光點，江河等級提升為二級。

「謝謝你。」江河道。

Tracy聲冷笑道：「還欠兩頭，快點把牠們幹掉我再送你離開森林。」

「送我離開？」

「你第一次來柏柏尼森林，不可能仍然記得出去的路吧？」

江河沉默不語，他的確沒有信心能夠離開森林。

Tracy拿起了石頭，「別浪費時間，再來吧。」

良久，江河成功獵殺了五頭食人蛙，Tracy帶著他回去柏柏尼小鎮。

「為何你會送我回去？」江河以為Tracy會把他掉下。

「既然有人願意送黃金劍給你，那麼你背後應該是有資深玩家朋友，結識多個朋友總比多一個敵人好。」**Tracy**道。

江河很想跟她說，這把劍只是他父母給他的禮物，而且父母行蹤早已成謎。

就在二人穿過花海時，**Tracy**突然止步，緊張地拾起一片石頭朝前方掉出。

「逃！」石頭剛離手而出，**Tracy**轉身就跑。

江河雖然不知道發生了甚麼事，但是仍然緊緊跟在**Tracy**身後。然而，江河馬上就知道發生了甚麼事……

「嗷！！！」

他們身後傳來雷聲般的巨響，不用看也知道是柏柏尼犀牛的叫聲。

「盡快離開！只要我們利用森林中的樹木作為掩護，應該可以逃離這裏。」**Tracy**邊跑邊說。

「你不是資深玩家嗎？難道不夠牠打？」

「蠢貨！這裏是牠的根據地，牠的能力將會以倍數提升，相反挑戰一方的實力會受到一定限制，最重要的是我不適合近戰。」

江河差點就忘記Tracy的異能是需要投擲才能發動。

「轟！轟！轟！」

柏柏尼犀牛無視巨樹，不顧一切追著他們。

江河開始氣喘，「要怎樣才可以擺脫牠？」

「你引開牠，我再用異能幹掉牠。」

「我？」

「不行？那麼我們只能盡力跑。」

儘管二人用盡全速在森林中左穿右插，與犀牛的距離不單只沒有縮短，反而越來越接近。江河開始感覺到雙腳酸軟，難以再跑下去。

「我……我攔住牠！」江河喘氣道。

江河止步拔出黃金劍，他身體微弓，小心翼翼地看著後方。

「想不到你在這個時候倒像一個男人，放心吧，如果你死掉了我會幫你拾回黃金劍的。」Tracy又跑又跳的跟江河拉開距離。

暴怒的柏柏尼犀牛撞開巨樹，停在江河身前。

犀身全身都是死灰色的皮膚，表皮長有厚厚的甲片，鼻上有一根呈金屬銀色的長角，擁有四足站立時亦可達到五米高的龐大身軀。

魔物名稱：柏柏尼犀牛（Boss）
等　　級：10
種　　族：陸行獸族
屬　　性：木
描　　述：柏柏尼犀牛是柏柏尼森林的主人，任何人只要毀壞牠的花田都會被牠追殺。根據傳說，柏柏尼村跟柏柏尼犀牛曾經有過一段互相幫助的日子。
特　　性：主動、厚皮

柏柏尼犀牛等級為十，雖然這個遊戲內的等級不會影響玩家的能力值，但是這項設定卻不適用於魔物。身為新手的江河，明顯不可能是柏柏尼犀牛的對手，更別要說要在犀牛領地內跟牠進行戰鬥。

江河抓著黃金劍，掌心不停冒出汗水。遊戲極為逼真，所有設定皆和現實世界一樣，包括汗水分泌或是飢餓感等等。

犀牛右前腳在重複著掘沙的動作，為了接下來的一擊儲力。

江河把重心移得更低，準備隨時往身旁躍去。

柏柏尼犀牛後腿用力一蹬，像炮彈般往江河撞來，江河雙手握劍往右揮，再順著劍勢躍出，在電光火石間剛好躲開了犀牛的儲力一擊。

地上留下一個個深入泥土一尺的腳印，犀牛掀起了少量沙泥，全賴泥土水份足夠才沒有被犀牛弄得塵土滿天。江河握著長劍調整站姿，在犀牛後方戒備。

江河知道他的任務只是拖延犀牛，為Tracy爭取時間找到一個較佳位置攻擊犀牛，所以他把全副精神都放在躲避。要他擊殺犀牛絕無可能，要他躲開攻擊還是有機會做到。

犀牛慢慢轉身，被一個低等級的人類躲開了攻擊，使牠眼中的怒火更盛，牠全身開始噴出白色的蒸氣。犀牛的氣息越變越強，江河不禁心中一寒，面對如此真實的景象，恐懼在心中叢生，全身顫抖，被犀牛的氣勢所嚇倒。

一個火球從後而至快速擊在犀牛角上，把柏柏尼犀牛的頭打歪了，火球從後方密集攻來，江河知道Tracy已經找到了狙擊位置，並在遠方連環發動了「火焰投擲」。

犀牛接二連三被「火焰投擲」擊中，在牠腦袋上的生命條開始慢慢縮短，轉眼間就失去了三分之一的血量。

在九域爭霸中的血量計算並不是單純地以X技能可以扣掉目標**50 HP**就扣掉對方**50 HP**來計算，而是根據那次攻擊對目標所造成的實際傷害來調整最終傷害值，舉例來說明：面對高等級的對手，要是能夠一劍把他的頭顱砍下，任誰也能夠一擊殺掉他，相反，就算是面對低等級的對手，你不停擊中對方，但是對方就是沒有受到致命傷害，那麼你不一定能夠幹掉他。

在如此寫實的系統判定中，只要你知道魔物的攻擊模式，要擊殺高等魔物絕非難事，所以再生玩家通常都能夠很快回到「生前」的等級水平。那麼等級有何用？等級的最大作用在於開啟系統功能（例如組織公會／國家／發動國戰），以及穿著裝備。

柏柏尼犀牛被強大火力所壓制，血條只剩下二分之一，就在牠的血條踏進二分之一的界線時，犀牛的皮膚變成完全漆黑。

「嗷！」犀牛暴怒一吼，一陣風壓把江河捲起，把他吹得撞上身後的巨大樹幹上，他感到背部傳來火燒般的劇痛，痛得使他把胃液都吐出來，血條瞬間被扣了五分之一。

疼痛使江河視線出現重影，腦袋亦暈眩至極。

犀牛繼續對江河作出攻擊，龐大的身軀極為敏捷地撞向江河。

江河發夢也想不到眼前的龐然大物竟然可以提升到現在的速度，他已經可以預視只要被犀牛撞中，就算沒有被犀牛角直接刺穿身體，單是由其巨大的衝擊力，他也鐵定吃不消。

江河全身顫抖不停，雙腳就像鉛塊般釘在地上，縱使他知道需要躲開犀牛攻擊，不過就是不能控制身體。

「不！我不想死！」

在像真度100%的遊戲世界內，江河誤把遊戲當成現實，腦海內出現了想繼續活下去的執念。

「技能習得：異能——劍道之初：一擊入魂」

江河的身體不受控制動了起來，右手握著劍柄，左腳重重地往前踏出一步，力量從腳掌引起，配合被動技能的能力加乘，使出一式極為簡單卻威力強大的揮劍。

「一擊入魂！」江河怒吼一聲，黃金劍劃過犀牛的腦袋，把柏柏尼犀牛的半邊腦袋砍下。

「擊殺柏柏尼犀牛，獲得5,000經驗，等級提升至5，獲得道具：犀牛靈角 ×1、犀牛皮革×1、犀牛皮衣（衣服）×1。」

江河在矇矇矓矓的恍神狀態下殺死了柏柏尼犀牛，**Tracy**被江河的一劍嚇倒，她深信能夠揮出剛才一劍的人絕對不可能是新玩家。

CHAPTER 01 1.4

九域爭霸遊戲世界內，一座架空在九域之外的大殿。

一位穿著紅袍的少年，坐在皇座之上，握著一枚銅幣在把玩，他看著眼前虛浮於半空的螢幕，螢幕正在播放著江河所在位置的情況。

「他就是江河……」少年指頭輕敲皇座手把。

一位長髮及腰，樣貌俊美的男子坐在少年身旁。

「那些傢伙行動了。」俊美男子道。

少年收起銅幣，「那麼快？」

「嗯。」

少年托著下巴，「江河如何？」

「甚麼如何？」俊美男子皺著眉。

「System覺得他如何？」少年微笑問道。

「喔……沒有特別。」

少年點頭，「可是我們時間不多了。」

「沒錯。」

回到森林，Tracy站在江河面前瞪著他，「你是再生玩家！幹嘛要騙我？」

「不是！我真的是第一次玩九域！」

「沒有？那麼你剛剛是怎殺死牠的？」Tracy指著仍未完全消失的犀牛屍體。

江河不知道該如何解釋。

Tracy輕嘆口氣，揚手道：「罷了，也許你生前的身份需要保密，我不勉強你。」

Tracy右手虛點，邀請江河交換名片。

江河點擊了交換按鈕，把Tracy加進朋友名單。

「好了，我們回去柏尼尼小鎮吧！」Tracy聳肩道。

「不是要升等嗎？」

「剛殺了柏柏尼犀牛已經得到不少經驗值，而且時間不早，我還要吃晚飯。」Tracy搖頭道。

江河呼叫出選單，選單上的跳字時鐘顯示著「20:13」的數字。

「哦，原來已經那麼夜，那麼好吧！」

「你想升等的話，待會我再跟你組隊。」Tracy道。

「嗯。」

回到柏尼尼小鎮後，他們一起登出遊戲。

「夢之橋系統解除倒數，五、四、三、二、一，歡迎使用夢之橋系統，下次再見。」

江河把眼罩脫下，看著白色的天花。

「爸爸、媽媽，我一定會救你哋出嚟。」

江河換了一件外套，下去找間茶餐廳吃晚飯。

在電梯內，江河碰到他的同班同學麥慧怡。麥慧怡的樣貌不算特別出眾，不過她擁人令人嫉妒的雪白肌膚，正所謂一白遮三醜，她縱然不算特別美，也絕對不是醜，加上她五官標緻，只要化妝得宜，有本錢憑著一張臉吃飯，至於身材方面，她上圍若隱若現、聊勝於無，還好她有一條纖細蠻腰，再加上一對犯規的修長美腿，為她的身材大大加分。

「嗨。」慧怡揚手道。

江河微笑點頭。

「落街食飯？」慧怡問道。

「係。」

「一齊？」

江河臉容僵硬，生硬地說：「好啊。」

在學校內，江河的男性朋友不少，女性朋友則一個都沒有，不過在他心底裏，卻是暗戀著眼前的女同學，這個秘密就只有他一個人知道。

二人去到茶餐廳，他們拿著座位上的平板電腦，挑選想吃的晚餐。

「聽講依度啲扒餐唔錯。」慧怡的指頭在平板電腦上滑動。

「係，我試過唔錯……」江河點頭道。

「原來你試過？既然你都話唔錯就試下啦！」

天天都是出街吃飯的江河當然有試過，在這間茶餐廳內的食物，有哪一款他是沒有嘗過的？

也許是為了配合慧怡，江河明明不打算吃扒餐卻一同叫了扒餐。

在等待食物到來的時候，慧怡問了江河一句：「係呢，你有冇玩九域爭霸呀？」

「啊……有玩呀，今日開始玩㗎。」江河道。

慧怡上下掃視江河的臉，「你唔會就係嗰個江河啩？」

「你……你係Tracy Mak？」

「真係你？唔怪之得你同佢個樣咁似，個名又一模一樣啦！」

江河萬萬想不到剛剛跟他一起升等的人就是他的暗戀對象。

「估唔到你用真名打機喎……嗱，講真話，你真係唔係再生玩家？」慧怡往前微傾問道。

「我真係唔係呀！」江河緊張道。

「如果俾我知道你呃我，我一定憎死你，以後唔同你玩。」慧怡往後靠道。

「我真係無呃你呀！」

「哼，信住先。」

侍應把扒餐送到二人的桌上，值得興幸的是慧怡沒有再追問江河，也沒有在用餐途中提及任何有關九域爭霸的事。

「一陣喺柏柏尼小鎮見面。」慧怡道。

「好。」

江河回到家中，臥在床上戴上夢之橋眼罩，眼罩發出光芒並快速閃動，很快就令他進入睡眠狀態……

「神經連接完成，靈魂接收，登入座標確定，異能域——柏柏尼小鎮。」

江河換上出犀牛皮衣，腰間戴上了食人蛙腰包。他早已把黃金劍收進腰包內，當他需要使用武器時，只需要輕拍雙手就能夠把黃金劍拿到手中。

注：玩家能夠設定不同的快捷手勢來取得空間容器內的裝備和道具。

「嗨。」**Tracy Mak**在江河身旁出現。

「你好。」

「我們先在柏柏尼森林提升等級，待換上較高等級的裝備後，就要前往最接近的城市。」**Tracy**道。

「為甚麼？」

「甚麼為甚麼！因為只有城市才有傳送陣，有傳送陣我們才可以去不同的練功地點提升等級。」

「好，都聽你說。」

殺魔物升等本來就是玩遊戲時最無聊的事情，要對著同樣的魔物進行重複動作，任誰都受不了，不過能夠跟喜歡的人一起升等，江河不會感到無聊，反而覺得有趣得很。

江河已經習慣了使用黃金劍，在升等過程中，他還嘗試掌握剛學習到的技能——一擊入魂。

名稱：劍道之初——一擊入魂（主動）
種類：異能
條件：使用劍類武器
描述：集中力量使用右手揮出威力強大的一劍

「想不到在這裏也可以看到肥羊。」有人從前方的巨大枯木中走出來。

「還有兩個呢，看，他手上的黃金劍可以賣個好價錢，那個女的裝備也不錯，在這樣低等的地區升等卻有那麼好的裝備，是再生玩家嗎？」

在江河二人前方出現了兩名玩家，其中一人身高一米九，穿著黑色西裝，另一人身高一米七左右，披著一件斗篷。

「小心，是紅字玩家。」Tracy悄悄握著一枚石頭。

江河看看二人的頭上名字，果然是變了紅色，他們身上還散發出淡淡的紅光。江河知道紅字玩家就是殺過或是攻擊過其他玩家的人，殺死他們的話就可以得到獎勵。

西裝男伸出右手指著江河，一團火球在西裝男的指頭出現並射向江河，江河憑著反射動作使出一擊入魂把火球斬開。

「反應不錯。」西裝男道。

斗篷男揚起斗篷，在斗篷之下他握著一把短劍，寒光一閃，短劍脫手而出飛往Tracy，Tracy擲出石頭觸發火焰投擲，燃燒起來的石頭擊走短劍後餘勢仍在，撞向斗篷男的胸口。

「好強！」斗篷男硬吃了一記，按著胸口後退。

「先幹掉那男的。」西裝男指著江河。

江河重心移下，手上金劍揮出，再次發動一擊入魂。

西裝男連續射出好幾個火球，不過都被江河一一擊下，可惜雙拳難敵四手，斗篷男乘著江河招式已老的時間擲出飛刀，飛刀對準江河腰間的盲點飛去。

「小心！」Tracy喝道。

江河聽到Tracy的提點，往身旁躍去。

「別拖延了，要是被其他人見到就會變得麻煩。」西裝男皺眉道。

斗篷男知道他們的處境，要是被其他人看到他們這兩名紅字玩家，一定會圍攻他們來賺取獎勵。

江河架起長劍擋在Tracy身前，「要走？還是？」

「殺掉他們。」Tracy平淡道。

「殺？殺人？」

「蠢貨，只是遊戲而已，就算殺掉他們，他們還可以再次創造角色。」Tracy語氣帶有怒意。

「是，是，是！」江河如小雞啄米般點頭。

Tracy一次過投出三枚石頭，三枚燃燒石頭皆朝西裝男飛去，西裝男見狀大驚，指頭連環輕點，射出多個火球。火石跟火球在半空中相碰，雖然火石的威力較強，但是火球以數量取勝，石頭被盡數擊落。

江河跟Tracy合作的時間很短，不過二人就像心有靈犀似的，江河早就跑到可以追擊西裝男的位置，見他右手握劍揮出，一道金光削往西裝男身上，西裝男盡力往身後退去，只是速度快不過江河的劍，西裝被斬出一道缺口，鮮血從缺口噴出。

「臭小子！要殺光他們！」西裝男按著傷口怒道。

斗篷男身上斗篷無風自動，就算江河只是新玩家也知道對方應該是在發動異能。

斗篷男擲出兩把飛刀，江河聚精會神看著飛刀來勢，手上黃金劍已蓄勢待發，準備把飛刀擊下。

「喝！」江河右手甩出，黃金劍劃出一道金光。飛刀就像有生命似的，躲開了劍鋒並朝江河身上飛去。

「完了！」江河心中暗想。

飛刀來勢極快，江河只好盡可能扭動身體，躲開要害位置。兩把飛刀分別刺入了江河的左肩和右臂，切肉之痛使江河大吼一聲。

「很痛啊！！！」

在後方遠處的**Tracy**，見狀後疑惑地問道：「你沒有啟動第三身感受系統？」

江河咬緊牙關，拔出飛刀道：「啊……沒有，系統不讓我啟動。」

「不讓你啟動？難道……先幹掉他們再說。」

Tracy手中拿著十枚鋼珠，是她剛從空間袋中取出的秘密武器。

「受死！」Tracy從樹上躍出，在墜下的同時擲出手中鋼珠，鋼珠分別朝兩個紅字人飛去。

西裝男雙手伸出，十個火球出現在他的指頭上，「十指火焰！」

斗篷男張開斗篷，再擲出兩把飛刀，「飛刀軌跡！」

十個火球跟火焰鋼珠對上，火球頓時化作十縷輕煙消失；兩把飛刀在擊下三枚鋼珠後，失去動力掉到地上。

「嗞嗞嗞嗞……」

剩下的鋼珠穿透二人的腦袋，他們只來得及感到一絲錯愕，便化作光點消散於天地之間，身上的裝備掉到一地都是。

「你死不去吧？」Tracy走到江河身旁。

江河感到傷口仍然很痛，搖頭道：「沒有事……」

Tracy取出一條繃帶，「先幫你包紮好傷口。」

這條繃帶是回復型道具，只要包裹在傷口上就能夠為傷口止血，還有鎮痛作用。

現實世界，香港黃大仙某茶餐廳。

「係呢，琴晚打紅字玩家嗰陣，你係唔係有嘢要同我講？」江河呷一口奶茶。

「係呀，你話你唔可以啟動第三身感受系統？」慧怡點頭道。

江河點頭。

慧怡緩緩點頭，她拿著鐵勺輕壓杯中的檸檬，讓檸檬汁與紅茶混合。「喺九域爭霸入面有一個傳聞，有少數玩家被系統選中，佢哋擁有好強嘅遊戲天份，遊戲系統為咗訓練佢哋所以禁止佢哋使用第三身感受系統。」

使用實感的反應比起第三身感受系統要快得多，還能培養玩家不要胡亂使用身體抵擋攻擊的良好習慣，對於訓練玩家的反應與戰鬥技巧有很大的幫助，更有人說，經過九域爭霸系統的訓練後，可以大大提升玩家在現實世界的反應和戰鬥能力，不少軍人會透過遊戲來進行軍事訓練，傳聞在「科技域」中就有不少由真正軍隊組成的公會。

江河放下杯子，問：「咁……有冇依啲人嘅資料？」

「冇，不過聽講異能域最大公會嘅副會長，都係唔可以啟動第三身感受系統。」慧怡苦笑搖頭道。

「最大公會……」江河默默道。

慧怡把杯中的檸檬茶一口喝盡，「聽日返學啦喎，你做晒功課未？」

「弊！」

「哈，都估到你㗎啦，你今晚唔好玩住，做埋啲功課先啦！」

「唉，唯有係咁。」江河看著慧怡，心中感到一片溫暖，能夠和暗戀對象共進晚餐，是不少男性生物的夢想。

吃過晚飯，江河就回到家中。

他坐在書桌前，從身旁的書包取出一疊功課。江河的成績不錯，經常名列前茅。他知道要對付節能集團，就要動用一切力量，知識也是其中一種力量，所以他投放了大量時間在學業上。

「好，做埋就瞓！」江河埋手苦幹去解決眼前的功課。

翌日，黃大仙XY中學，5D班課室。

「各位同學，請將功課傳出嚟。」

江河取出功課放到桌面，前方的同學一手把功課奪去。

「借嚟抄抄。」那同學已在熟練地抄寫。

「已經要交功課你先嚟抄？」江河問道。

同學沒有理會江河，繼續在抽屜中抄寫功課。

江河很討厭這種人，自己不肯付出卻一直想得到別人的努力成果，不過他知道在這個社會生存，就要學懂跟這種人共存，始終這類人佔了社會的絕大多數。

幸好那位同學抄功了得，在老師點算功課之前已完成抄襲，並傳出功課。

小息時間，江河留在課室內。

「喂，記得今晚我哋要去霜凍山脈。」慧怡道。

「我記得呀，我仲上網搵定攻略，去法里路城就一定要穿過霜凍山脈，可以揀穿過山洞或者攀過高山，你想行邊一條路？」江河點頭道。

「山路。」

「竟然係山路？」

江河還以為慧怡會選擇走山洞，比起山路，山洞絕對是更加方便直接的道路。

「雖然你嘅異能適合近戰，但係你始終仲係新手，未必可以應付到山洞入面嘅魔物，相反，我嘅異能需要喺空曠地方先可以發揮威力。」慧怡托著頭道。

「哦，咁我哋就行山啦，不過一晚時間夠唔夠㗎？」

在野外同樣可以登出的，不過有機會在下一次登入時被魔物包圍，是很危險的做法，當然也有道具能夠幫助玩家，在比較安全的情況下在野外登出。

「夠，我之前行過依段路，應該用四個鐘左右就可以穿過。」

在江河二人熱烈談論的時候，有幾個男生走來。

「Tracy，乜你都有玩九域㗎咩？」

「係囉，做乜唔一齊玩啊？你揀咗邊個域界呀？」

「我哋係異能域㗎，如果你都係異能域可以一齊玩。」

慧怡微笑走開，沒有回答他們的提問。

幾個男生圍住江河。

「喂，江河你係唔係同Tracy一齊打機？」

「嗯，有咩問題？」江河道。

男生中的領袖，指著江河的頭說：「你聽清楚，唔好同Tracy咁親密！」

「哦，好。」江河隨意道。

面對這類主動入伍的觀音兵，江河完全沒有在意他們的想法。

晚上，九域爭霸的柏柏尼小鎮。

Tracy換上了一套新的裝甲，同樣是露臍胸甲和百摺裙甲，不過是火紅色的。

「待會我們坐船渡過東面河流，然後多走一公里左右就能夠去到山腳。上山後沿住山路走，跨過霜凍山脈就可以去到法里路城。」Tracy拿著地圖道。

他們去到河邊，看到一位船家。

「要過河嗎？」船家問道。

Tracy點頭問：「兩個人，多少錢？」

「每人四十枚九域幣。」船家道。

Tracy在眼前虛點，跟船家進行交易。

「多謝惠顧。」船家笑得眉開眼笑。

「走吧。」Tracy說。

江河忍不住問：「這樣就可以？」

「可以了，他已經把船交給我了。」

「船？」

「不用船用甚麼渡河？」

Tracy走到河邊，右手一揮，一艘帆船憑空在河上出現。

「上船吧！」**Tracy**道。

Tracy先踏上船，江河跟著她登船。

「你控制船，我負責戒備。」**Tracy**握著鋼珠道。

「抱歉，我不會控制。」江河按著後腦道。

Tracy嘆了口氣，指著船頭說：「操控方法很簡單，你只要坐上船長位置，眼前就會出現虛擬的控制器，你就當作玩電子遊戲，只需要控制方向和加油前進就可以了。」

「原來如此，那我就試試看。」

江河坐上船長位置，果然有一個虛擬方向盤出現，還有加速和減速的按扭。

江河握著方向盤，「起航了。」

他左手輕點加速按鈕，右手控制方向盤穩住方向，朝對岸出發。

帆船去到河中心，Tracy跳到桅杆上盯著海面，同時朝海面擲出三枚鋼珠。

「有魔物？」江河問道。

「有幾條小魚而已，繼續航行。」

江河看著Tracy，總覺得遊戲世界的她和現實世界的她是兩個不同的人，在遊戲世界內，她身旁就像纏繞著王者霸氣，讓人望而生畏，現實世界的她卻像柔弱女生，絕對不可能聯想到她殺戮果斷的一面。

除了遇到幾條從河中躍出的食人魚外，二人無驚無險到達對岸。當二人離開帆船後，整艘帆船就化作光點消失不見。

「船是一次性的？」江河問道。

Tracy已往山腳走去，「沒錯，所以每次過河都要跟船家購買帆船。」

霜凍山脈就在前方，那高聳入雲的山峰被一陣濃霧所覆蓋，山頭結了厚厚的冰塊，令到這裏的氣溫都下降了不少。

他們二人去到霜凍山脈的山腳營地，不少玩家正在此休息，準備穿過山洞或是攀過山脈前往法里路城。在營地內有玩家提供帳篷，當然是需要收費。在營地的中心位置有不少人在擺檔，不管是食物、藥物、裝備等等物資都可以在這裏找到。

「我們直接上山吧！」Tracy取出一件披風，「穿起它，山上面很寒冷。」

「謝謝。」江河接過披風。

霜凍山脈本來只是一條很細小的山脈，有一天山脈的氣溫突然急降，自此，山脈就開始結出冰霜，變成有生命的山脈似的，每天都會在長高、變長。

去到山腳，江河感覺到一陣寒意包裹住他的小腿，冷得牙關抖震，為免拖慢行程，江河還是要咬緊牙關隨著Tracy走。

在Tracy的帶領下，二人去到山腰位置，只要從攀過那邊的凹位，就能夠越過山脈，去到山脈另一邊。

Tracy止步，指著江河身後說：「看看後方。」

江河轉身望去，從這個高度能夠看到柏柏尼小鎮和柏柏尼森林，他還看到一些黑點在山腳活動，應該是營地的玩家。

蔚藍得像寶石般的藍天，蛇行曲折、清可見底的河道，青綠如畫的草原和遠處古木林立的柏柏尼森林，組成一幅渾然天成的山水畫。

「很美。」江河看得入迷。

這種一望無際的感覺，在現實世界中完全沒有感受過，也難以感受到。

「走吧。」Tracy道。

江河點頭，他終於明白為何有人會選擇到九域世界旅行，有機會他也要去去不同的聖地觀光。

二人攀過凹位，到達山脈的另一面，一道宏偉的城牆在山腳下包圍住一座古堡，在古堡周圍有一間間整齊的小屋，不管是古堡或是小屋都帶點歐洲中世紀的味道。

「看到目的地了，正所謂上山容易下山難，你可要小心了。」Tracy重心靠後，往山下慢步而去。

江河剛踏出一步就聽到一點怪聲。

「慧怡，你聽到嗎？」

「都說了在遊戲中要叫我做Tracy！」Tracy抱胸道。

「是……不過你聽到嗎？」

「聽到甚麼？」

「喉！」

江河又聽到一聲怪叫。

江河指著左邊，「在那邊！」

江河朝那道聲音走去。

Tracy心中大感疑惑，除了風聲之外，她完全聽不到有任何聲音，不過她見江河已經走遠，就跟隨江河走去看個究竟。

本來平靜的天氣突然惡化，強風吹拂，揚起了大量冰雪，一陣暴風雪差點就要把二人吹散，還好Tracy反應極快，幾個踏步就躍到江河身旁。

「天氣不穩定會有危險，我們先下山吧！」Tracy拉著江河的手臂道。

「不……他就在附近。」江河搖頭道。

一種讓江河牽動心靈的感覺從前方傳來，他很明白這種感覺，是失去父母的感覺。江河爬高百米去到一顆巨石前，他強忍暴風雪所帶來的刺痛，顫抖地走去石後。

「任務觸發，鳳凰的遺子。」

任務名稱：鳳凰的遺子

任務類別：系統任務

建議等級：N.A.

任務描述：鳳凰乃是遠古生物，為三大遠古種族之一，在九域之中不乏牠們的身影。牠們實力高強，不屑於人類交往，因領地或其他原因，鳳凰常常跟人類進行戰爭。在某一場大戰中，一對鳳凰雙雙殞落，牠們在殞落前預先把後代留在霜凍山脈內……

完成條件：取得鳳凰蛋

獎　勵：鳳凰蛋

江河看著眼前一個西瓜般大的巨蛋，「觸發任務？」

「這是甚麼？」Tracy問道。

江河驚訝地問道：「你聽不到嗎？是鳳凰蛋。」

「鳳凰蛋！？」

在遊戲世界內是可以馴養魔物的，當中以神話魔物最為珍貴，鳳凰當然是其中之一，鳳凰的市價超過四百萬九域幣，是極為珍貴的魔物，全因牠們寧死也不會屈服於人類，要馴養牠們近乎不可能。

得到魔物蛋，基本上等同得到了能夠被馴化的魔物，因為魔物從蛋孵出後，就會把第一眼看見的對象視為母親，所以魔物蛋在市場上是有價有市的貨品。

江河抱起巨蛋，把它放到食人蛙空間袋內。

「走吧。」江河道。

當江河收起鳳凰巨蛋後，天氣就回復平靜。

「看來暴風雪是這小傢伙弄出來的。」江河用手放在眉上遮擋陽光，看著晴空道。

「鳳凰蛋一事千萬不要告知其他人，否則會招致殺身之禍。」**Tracy**認真道。

「我當然知道。」

法里路城，城西大門。

「進城要繳交二十元過路費。」守門軍人道。

「是。」**Tracy**交出四十元。

所有城池都會有一位城主，城內的所有收入（包括過路費和稅收）都會存入城主的戶口內，任何人都可以挑戰城主，成功挑戰就可以取代他成為新任城主，而失敗的下場當然就是死。

他們二人去到一間旅館，要了兩個房間用作登出之用。

「明天學校見。」Tracy道。

江河點頭。

Tracy回到房間登出，江河回到房間後，把鳳凰蛋取出放在床上。

「鳳凰，你的父母呢？」

鳳凰蛋一動不動。

「你知道嗎？我的父母都不見了……」

翌日，黃大仙XY中學。

江河精神不佳，也許是昨晚太晚睡的關係，對他來說，那顆蛋成為了他的最佳傾訴對象，就是因為跟鳳凰蛋聊得太晚，才會去到半夜三更方記得要登出。

「咳咳，大家留心聽住，我哋班嚟咗一位插班生，請大家用最熱烈嘅掌聲歡迎佢。」老師清清嗓子道。

同學們掌聲如雷，男生更在歡呼雀躍，希望插班生是一位美少女。

一個男生推開大門，他一頭白髮，雙眼虹膜都是死灰色的，膚色都是灰白一片，讓人感到不由自主的心寒。

「梁去畫。」新生報出自己的姓名。

「希望大家可以同梁同學好好相處，」老師望向梁去畫，指著江河身旁的位置，「你就坐喺江河身邊。」

梁去畫點頭，坐在江河身邊。

江河感到莫名的壓力，就像身邊的人會吃了他似的。

「就係你……」梁去畫輕聲道。

「吓？」江河望向他。

梁去畫掛著微笑，右手在輕撫大腿，江河根本不知道他在幹甚麼。

放學後，江河沿著熟悉的路回家，當他經過一間診所時，有一個老伯從診所裏衝了出來，抓著江河的手。

「你……你做咩呀？」江河驚慌地問道。

「後生仔……我有樣嘢要俾你！」老伯從衫袋內取出一個劍狀的鑰匙扣，「依把劍就交俾你！」

老伯硬把鑰匙扣塞進江河手中，然後拼命奔去，活像逃避甚麼可怕怪物似，轉眼間就失去蹤影。

江河張開手看著掌心的鑰匙扣，見它造工不錯，就把它扣到鑰匙串上。「佢到底係乜嘢人嚟？先幫佢保管住，或者可以再遇返佢。」

轉角位，老伯輕躍到樹上。

「已經交咗俾佢？」

「係。」老伯恭敬道。

「做得好。」

跟老伯在樹上會面的人，正正是江河的新同學——梁去晝。

「少爺，我哋返去先。」老伯道。

「嗯。」

老伯雙手一拍，掌心噴出神秘煙霧，他們二人被煙霧所包圍，消失不見。

江河換了一身休閒服，只帶了鑰匙和錢包去樓下的茶餐廳用餐。

為免被遊戲弄垮身體，他要生活得更加有規律，要找回父母，他需要的是能夠長期抗戰的強健體魄。

江河坐在茶餐廳一角，在侍應走過來時一口氣把所有話說出：「肉眼扒鐵板，黑椒汁，薯菜，西湯，凍奶茶。」

在等待鐵板餐的時候，江河拿出那個鑰匙扣，他用指頭輕碰在劍刃上，指頭頓時出現一點紅珠。

「嗶，開咗鋒嘅把嘢？」他用紙巾按著指頭道。

江河沒有發現，當那把劍接觸到他的血液時，發出了暗暗的紅光。

餐廳外，有位身穿乾濕褸的男子拿著一本很古老的書冊，悄悄觀察著茶餐廳內的江河。「梁去畫已經同江河接觸，按照因果流動，梁去畫應該會幫到江河手，不過當中仍然有太多變數。」

九域爭霸遊戲內，法里路城外的大道。

江河和Tracy身處於一隊商隊之中，他們受到其他玩家邀請，一同進行護送任務。

任務名稱：護送任務
任務類別：玩家任務
建議等級：10
任務描述：在紅草營地將會舉行一場宴會，為此需要大量物資。
完成條件：把十箱物資送往紅草營地
獎　勵：$1,000、紅草紅酒×1

「Tracy、江河，看你們的裝備好像實力都不弱喔！」提著大斧的粗獷男人道。

這個男人是商隊的領隊。

「算是吧。」Tracy冷淡回應。

江河微笑點頭。

Tracy現在十等，江河五等，要是讓商隊中人知道二人等級，也許就不會邀請他們加入。看起來很容易完成的護送任務，其實暗藏殺機，稍有不慎就會身死道消。

在法里路城和紅草營地之間有一條用石磚堆砌而成的小路，小路兩旁有不少魔物居住，魔物們很喜歡偷襲，他們經常會在意想不到的時候出手，過路人定必要打醒十二分精神。

「左方！」領隊喝道。

站在馬車上的藍色披風男雙手結成一個古怪結印，車隊左方就出現了一道風壁，風壁把所有草都壓下去，在草堆之中，有三頭「尖牙野豬」在伏地而進，牠們萬萬想不到會被商隊發現。

魔物名稱：尖牙野豬
等　級：5
種　族：陸行獸族
屬　性：火
描　述：尖牙野豬大都生活在草叢之中，牠們性格好奇而膽小，當被別人發現時性格就會出現180度改變。暴怒的尖牙野豬會攻擊所有發現牠的生物，牠們最喜歡攻擊人類。
特　性：主動、衝動

「攻擊！」領隊沉聲道。

負責左方守備的三人各拿起刀劍，分別跟三頭野豬對上。野豬們被人類發現，心生憤怨，毛髮如針豎起，嘴上尖牙閃出一點寒芒。突然，牠們怪叫一聲，拔腿衝往商隊。

三人就像早就知道野豬的攻擊模式，他們一起把重心移下，手上刀劍輕描淡寫地刺出，就連異能都沒有發動。野豬以直線衝來，筆直地撞在刀尖和劍尖上，刀劍透身而過，三頭野豬一同化作光點消散。

從外人眼中看來，野豬們就像是撞劍自殺，三位玩家只用了一招半式就把野豬通通幹掉。

「繼續上路。」領隊滿意的點頭道。

江河看過三人行雲流水的動作，頓時感嘆萬分，到底他們三人是如何作出如此流暢的攻擊，他們在現實世界是否都能夠做到同樣的動作？

解決野豬後，商隊繼續前進。

「**Tracy**。」江河輕聲道。

「嗯？」

「是不是所有人都會變得像他們那麼強？」

「哈，只是野豬弱，並不是他們強。」

江河倒吸一口氣，「這樣也不強？」

「不強，他們只是完全清楚野豬的攻擊軌跡，預先把武器放在軌跡之上。只要你知道野豬的習性，你也可以做到。」**Tracy**平淡道。

從**Tracy**對遊戲的認識看來，江河覺得她不是普通的重生玩家，而是專家級的重生玩家。

「小心。」**Tracy**一面說，一面取出鋼珠。

雖然江河完全察覺不到任何怪異之處，但是仍然拔出黃金劍，小心地戒備。

領隊突然止步，慌忙地提起巨斧。

「是牠！怎可能會遇到牠？」領隊咬牙道。

馬車頂的藍色披風男馬上展開風壁，把車隊護住。

一隻人形魔物在不遠處的樹上躍下來，一步一步逼近商隊。人形魔物頭上長有很多條紅草，下愕長出兩根尖齒，手上抓著一根巨大的獸骨，穿了一片獸皮短褲。

魔物名稱：紅草獸人（Boss）
等　級：15
種　族：獸人
屬　性：木
描　述：紅草營地附近的頭目，不分玩家還是魔物，在他領地內出現的生物都會受到他骨棒的無情攻擊。
特　性：主動、怒火、復原

江河被獸人的氣勢完全壓倒，紅草獸人身高三米，全身上下長滿肌肉，他輕舞手中骨棒，看著眾人詭異地笑。

Tracy握著鋼珠，準備好隨時發動異能，「別輕視他，他的實力比起柏柏尼犀牛要強得多，而且這個草原也是他的領地，他的實力會有所增強，反之我們的實力會減弱。」

江河沒有忘記Boss級魔物的實力會隨著地形而增強。

紅草獸人右手握著骨棒往後拉弓，手上骨棒如同炮彈般朝車隊投擲過來，幾位隊友一同朝骨棒發動異能，就連Tracy都不再留手，把手中鋼珠朝骨棒投出。

骨棒受到眾多攻擊，在半空中失去動力墜下，紅草獸人在投出骨棒之際已經朝車隊奔來，他拔起地上骨棒，用它向車隊狠狠敲下去。

江河重心下移，雙手握著長劍對準紅草獸人的攻擊軌道發動異能。

「嘭！」

江河連人帶劍撞到馬車上，紅草獸人腳步一浮，馬上就站穩身體繼續攻擊。

「很痛……」江河的虎口就像撕裂般痛。

Tracy把一個紅色藥瓶掉到江河身上，「喝了它！」

江河打開瓶子，一口氣把瓶中紅藥喝進胃裏，冰涼暢快之感瞬間包圍全身，就連虎口的疼痛感都近乎消失。

「看招！！！」領隊發狂般用手上重斧攻往紅草獸人。

領隊的身體不斷變大，慢慢變成一個約兩米半高的小巨人，只差一點就變得跟紅草獸人一樣高大，這是他的異能——「巨大化」。

巨大化後的領隊，雖然能夠暫時與紅草獸人平分秋色，但是他心底知道自己的力量根本比不上紅草獸人，現在只是單憑意志力苦苦堅持才沒有落入下風。

「掩護領隊！」隊員大喊。

刀、劍、弓箭、異能、所有攻擊通通往紅草獸人身上轟去，紅草獸人沒有理會攻擊，眼中就只有面前的小巨人，他要用骨棒把小巨人敲成一堆肉碎。

Tracy雙手鋼珠不停擲出，紅草獸人頭上的生命條被慢慢削減，已經快消去四分之一血量。

「吼！！！」紅草獸人大喊一聲，一棒先把領隊逼退，然後深蹲而下用力一蹬，躍到半空擊往**Tracy**。

Tracy的百摺裙和胸甲一同發出火光，然後以恐怖的速度往身後退去百米，在退後期間還不忘接二連三掉出鋼珠。

道具名稱：紅焰胸甲與百摺裙套裝（女性玩家專用）

分　　類：防具——套裝

評　　級：罕有

解　　說：紅焰胸甲與百摺裙套裝是由有名的矮人鍛鍊師所製作，矮人利用熔岩熱力把神秘金屬熔化，鍛造成胸甲和百摺裙，使套裝附上了火焰屬性。

主動技能：血焰加速——能夠付出10%最大血量來大幅度提升速度5秒。
配帶等級：10
價　　值：$4,000,000

紅草獸人已被Tracy惹怒，一條淺紅色的線連接住紅草獸人和Tracy。

「那小女孩糟了，她跟紅草獸人產生了仇恨連結。」某人道。

「甚麼是仇恨連結？」江河問道。

「攻擊魔物會產生仇恨值，當仇恨值去到一定水平就會出現仇恨連結，除非其中一方死掉或消失於對方的感知範圍，否則連結會一直存在。只要連結存在，魔物會拼命追殺被連結的那人。」

江河心中大驚，雖然他知道Tracy的實力高深莫測，但是單以她一人之力，又怎可能應付到紅草獸人這種暴力型的近戰魔物？

紅草獸人每踏出一步都會掀起漫天沙塵，百米距離對他來說只不過需要兩、三秒時間就可跨過。

江河提著劍用盡吃奶的力朝Tracy跑去，他只想為Tracy出點力，哪怕是稍為引開獸人的注意力。此時，車隊只留下三名隊員就繼續上路，對於他們來說，任務比一切都重要。

Tracy沒有移動，她知道就算使用全速奔跑，在速度上也不可能比得上仇恨和領地加持的紅草獸人。她一方面使用「火焰投擲」，另一方面仔細留意著獸人的移動軌跡，準備隨時躲開牠。

「受死！！！」江河握著長劍，在獸人的背上用力斬下去。

「噹。」

Tracy嚇得目瞪口呆，不是由於江河的劍技，而是江河的速度，江河從三十米外的位置去到獸人身後只用了一秒時間，在遊戲世界內所有人的體能與現實世界無異（在沒有裝備加乘情況下），能夠做到這樣的效果，說明江河在現實世界中也能夠爆發出一秒三十米的速度。

包括江河在內，沒有人留意到在他提速攻往獸人的瞬間在技能界面中出現了「心之力」這項神秘技能。

在九域內的某個空間，名為英靈殿的地方。

廖遠吉的投影坐在皇座上，觀察著江河的一舉一動。「正常情況下只有在生死存亡之際才會覺醒心之力，江河竟然可以在『想救人』的衝動下激發心之力，雖然只是使用了不足一秒，不過已經足以讓我大感意外。」

廖遠吉打了一個響指，一個身影在皇座之下憑空出現，那人手握長槍，躬身行禮。

「犀牛記，幫我幹掉那個獸人，以他們的實力還不是獸人的對手，為免影響江河的成長，我還不想Tracy那麼快就暴露出真正身份。」廖遠吉道。

「是。」犀牛記道。

犀牛記身旁出現一陣空間波動，他附近的空氣就像蛋殼般剝落，然後就恢復平靜。

回到紅草營地外，江河等人仍在戰鬥。

紅草獸人後背被江河用盡全力斬了一下，只是受到丁點皮外傷，就連肌肉都沒有傷及，再加上怨恨連結效果，江河的攻擊完全沒有阻礙到獸人的前進速度。在獸人眼中，只有Tracy一位敵人。

「吼！！」獸人握著骨棒朝Tracy的頭上敲去。

Tracy左手做出一個奇怪手勢，是她預先設定的更換裝備手勢，一把短刀出現在她的左手掌心。

「嘭！」

紅草獸人突然一分為二，化作光點消散，有位穿著休閒衣服的男子手提著長槍站在光點中間。

「遊戲世界限制了力量真是很不方便……」那人自言自語道。

江河止住去勢看著憑空出現的那位男子，在那人的頭上出現了「萬事樓　犀牛記」兩行文字。

「是萬事樓的人！？」江河驚訝道。

Tracy以迅雷不及掩耳的速度收起短刀，除了犀牛記和逝去的紅草獸人外，沒有人見到她的短刀。

犀牛記把朗基努斯槍收進空間戒指，右手按著後腦說：「哈哈，不用理會我，有人給了萬事樓報酬要我們獵殺這頭魔物，你們繼續做自己的事就可以了。」

Tracy走回江河身邊，「我們繼續任務吧！」

江河點頭。

江河二人跟留下來的三名隊友一起趕路，希望可以盡快趕上跟商隊會合。

犀牛記看著江河的背影，他不覺得這個小子到底有何特別之處。

「剛才真是很危險，要不是萬事樓的人出現，你就……」江河道。

「就算他不出現我都可以幹掉那頭獸人。」Tracy不屑道。

她沒有說謊，她的確有能力把紅草獸人幹掉，只是她那麼做的話，她的身份就會被人識破。

江河沒把這件事放在心上，眾人與商隊會合後繼續上路。

紅草營地，位於紅草平原的休息處，在營地外有義務玩家擔當守衛的角色，使魔物難以接近營地。營地沒有所謂的擁有者，只是一個由玩家共同維護的休息處。

商隊把貨物交到任務目標手中，眾人馬上收到完成任務系統提示，得到任務獎勵。

「謝謝大家，有機會再合作。」領隊道。

領隊走到Tracy身前，「小女孩，你的實力不錯，要交換名片嗎？」

Tracy用冰冷的眼神望著他，不發一言，領隊拿熱臉去貼冷屁股，吃了一肚悶氣，沒趣地離去。

Tracy拉著江河的手，去到紅草營地角落。

「你剛剛是如何做到的？」

江河側著頭問道：「甚麼？」

「你是如何從遠處跑到獸人身後？」

「就用力跑呀！」

「用力跑可以一秒跑三十米嗎？」

「一一一……一秒三十米？」江河結巴地說。

「對。」

「我……我不知道發生了甚麼事，我只是想盡快跑過去，完全不知道發生了甚麼事。」

「你看看技能欄有沒有多了異能？」

江河打了一個響指，喚出技能視窗，他只看到劍術掌握與一擊入魂兩式異能。

「沒有，沒有分別。」江河搖頭道。

Tracy用她的纖細手指托著下巴，「既然沒有頭緒就隨它吧。」

Tracy心中暗想，也許這就是江河以及那些人不能夠啟動第三身系統的原因。

在紅草營地內有一個小市集，市集內有很多玩家擺檔，一場來到他們當然要去湊湊熱鬧。Tracy跟江河說，由於不是所有玩家都明白道具的珍貴性，在市集內經常可以用低價買入珍貴道具，或是把低價道具以高價售出。

江河去到一個售賣「一般道具」（也就是普通材料道具）的攤檔前。

「這件東西多少錢？」江河指住一把毫不起眼的半截短劍。

店主拿起短劍，「這把短劍？一萬元。」

一萬元九域幣相等於二千五百港元，哪有人會用二千五百元買入這件垃圾？

「太貴了。」江河搖頭道。

雖然江河得到了父母的禮物，不過他可是深深明白「錢不可以亂花」的道理。

「那件垃圾只不過是一件『破品』，完全沒有價值。」**Tracy**在江河耳邊輕聲道。

注：道具等級分為：破品>普通>珍貴>罕有>傳說

「我最多只可以給二千元。」江河緩緩點頭道。

「二千！？我為了拿這把短劍可是拼了老命，五人隊伍去，只有我一個人回來。」店主激動道。

Tracy對著店主說：「真是辛苦你了，再見。」

說罷，她就拖著江河的手，轉身離去。

「慢著！」店主緊張的站起來，「二千就二千吧！」

最後江河以二千元取得半截短劍，Tracy對他的決定大感疑惑。

「到底這東西有甚麼特別？」Tracy問道。

江河拿著短劍，聳肩道：「不知道，只是直覺告訴我要得到這件道具。」

他把短劍收進寶物空間。

Tracy取出一個帳篷道具，「這個是你的，進去後就能夠在戶外安全登出，登出後帳篷就會消失。下一次登入你就會出現在帳篷之內，帳篷有一定的硬度，能夠短暫抵抗攻擊。」

當玩家必需在戶外登出時，都會使用帳篷類道具。雖然這裏名叫紅草營地，但是在地圖性質仍然是戶外。

「好。」江河接過帳篷，立刻使用。

進入帳篷之後，江河就登出了。

CHAPTER 02

現實與遊戲

凌晨二時，江河睡在床上，他把夢之橋眼罩放到床邊，一眨眼就呼呼入睡，在遊戲世界內實在消耗了江河太多精神。

每天玩至深宵的後果就是隔天完全沒有精神，在課室內持續「釣魚」。

「江河！」老師怒道。

江河睡眼惺忪的站起身，「係！」

「乜你琴晚好夜瞓咩？」

「係……」

老師把手上的粉筆弄斷，「你知唔知道你今年已經係中五生，下年就要考DSE，你仲係咁嘅話點樣考到一間好大學？」

「我會反省。」江河低頭道。

「坐低！」

「係。」江河坐下。

江河硬著頭皮強忍睡意，把眼皮盡力撐起，短短四十五分鐘課堂時間，讓他恍如身處煉獄，每一秒都變得很漫長。

小息鐘聲響起，江河馬上陷入昏迷狀態。

睡夢中，江河夢見自己在遊戲世界內找到自己的父母，並且成功把他們帶回現實世界，從此過回以前齊齊整整、開心快樂的日子，不過只是一場夢。

「鈴……」

江河被鐘聲弄醒，他看見同學們已經在收拾書包，望望手錶，原來已經放學，他睡了整整半天而不自知。

「呵欠。」江河伸了一個懶腰。

慧怡走到江河旁邊，「今晚我唔得閒。」

「嗯？」

「我今晚陪唔到你升LV。」

「哦……好啊，咁我自己升住先。」

慧怡離開班房，江河呆坐在座位上。江河突然想起，原來今晚是第一晚沒有慧怡陪他玩九域爭霸，心中頓生淡淡的遺憾和空洞。

梁去畫聽到江河與慧怡的對話，「江河，你同麥慧怡玩緊邊一隻遊戲？」

「九域爭霸。」

「哦……你哋揀咗邊一個域界？」

「我哋揀咗異能域。」

「你哋拍緊拖？」

「痴線！有啲咁嘅事！！」江河的臉頓時變得通紅。

被梁去畫誤以為自己跟麥慧怡拍拖，江河心裏竟然覺得有點愉快。

梁去畫站起來，提起背包，「或者我哋得閒可以一齊玩。」

「你都有玩？」

「未……不過將會玩。」梁去畫皮笑肉不笑道。

他留下這句話後，就離開了課室。

江河看著梁去畫的背影，感到此人實在很奇怪，他收拾好書本，不再在課室中久留。

江河離開學校，順著慈雲山的地形往黃大仙走下去，他沒有發覺在背後有七個同學正在悄悄跟蹤他，他們還拿著木條和水喉鐵。

他們七位都是江河的同班同學，之所以會帶著武器，目的只就有一個，就是痛打江河一身。為何他們要這樣做？因為麥慧怡的樣貌不算突出，不過憑其一對美腿，成為了校內的長腿女神，而他們幾位正是麥慧怡的觀音兵（單向自願入伍）。

「可惡……依條友憑咩同女神一齊玩？」

「佢有咩資格同女神傾計？」

「一定要俾啲顏色佢睇下！」

雖然他們是這樣說，不過仍然跟江河保持著百米距離。他們七位觀音兵都只是「口水派」毒男，如果他們懂得付諸行動的話，又怎會落得自願入伍的下場？不過，再鵪鶉的觀音兵都會有發火的一天，他們這次是動了真格。

不知不覺間，觀音兵們跟江河的距離只剩下不足五十米。

江河走到一個轉角位，馬上要消失於七人的視野，七位觀音兵頓時提起武器衝過去。

「殺呀！」

他們跟玩遊戲上腦的精神病患者沒有兩樣，幻想自己是衝鋒陷陣的士兵，一邊大喊、一邊跑去轉角位。

「受死啦！」

幾個觀音兵拿著木條、鐵通，不顧一切地衝過轉角位。

「喂，你哋幾隻小學雞喺度做乜？」五個全身紋身的金毛MK，不屑地看著七位學生。

「唔……唔好意思，我哋……」有人結巴道。

金毛MK用胸口頂著他，「吓？嗡乜呀你？」

「對對對……對唔住……」

金毛MK把學生們圍起來，壓在牆邊。學生們嚇得把手上的木條、鐵通都掉到一地都是。

「你哋想做咩啊？」有被壓在牆上的學生鼓起勇氣問道。

「做咩？你哋拎晒架生咁又想做乜呀？」金毛MK點起一根香煙，「嗱，每人放低一舊水俾我哋定下驚，咁我哋就當冇事發生喇！」

「一舊水？」

金毛MK脫掉上衣，露出胸前龍虎紋身和排骨胸，大喝：「點樣啊！俾唔俾啊？」

學生們沒有接觸過江湖中人，頓時被他們嚇得心跳加速、尿意頓生。

江河聽到身後傳來爭吵聲，生性好奇的他決定走回頭路，去看個究竟。

「咦？佢哋好似係我嘅同班同學？」江河心想。

江河拿出電話，靜悄悄致電予報案中心。成功報案後，得知警方正在途中，江河站在一旁小心觀察，他可不想蹚這渾水。

「快啲！拎晒啲錢出嚟！」

中學生們互相對望，沒有人拿出錢包。

「仲唔拎！？」金毛**MK**一腳踢往某學生的大腿，學生痛得倒在地上翻滾。

金毛**MK**俯視那倒地的學生，「點啊？拎唔拎呀？」

江河把一切都看在眼裏，他深深吸了兩口氣，以明末名將袁崇煥的一句話來壯壯膽：「掉哪媽！頂硬上！」

他走近眾人大喊：「停手！」

金毛MK們被江河的氣勢嚇了一跳，全部一起轉身看著他。

「做咩啊你？學人做架兩？」金毛MK問道。

江河看著瑟縮在牆邊的同學們，望向金毛MK道：「你班MK好快啲走，我已經報咗警，警察就到喍啦！」

「MK！？邊個係MK呀？你講乜嘢啊仆街！」

就算是MK，也不喜歡別人叫他們做MK。

金毛MK們摩拳擦掌，包圍著江河。

江河右手放在褲頭上的鑰匙串上，輕碰著劍狀鑰匙扣。

某金毛MK伸手抓往江河的衣領，江河把重心移下，把劍狀鑰匙扣由鑰匙串退出，並用右手握著。

「警察！全部人唔好郁！」

五名警察從對面馬路跑過來，江河把鑰匙扣扣回鑰匙串內，至於那群金毛MK則很有經驗地蹲下，雙手放在後腦。

警察們把所有人分開，為眾人下口供。

江河把自己所見的一一告知警察後獲准離開，自己一人回家。

回家後，江河走進浴室，脫去校服，讓熱騰騰的水珠拍打在身上，閉目享受這刻的寧靜。

「今晚……得返我自己一個。」

自己一個，江河再次回到一個人的生活。

九域爭霸，紅草營地外。

江河在紅草營地南面的草原練功，在營地附近的魔物等級都在5等左右，很適合江河練功。

江河握著黃金劍與一頭眼鏡蛇對峙，眼鏡蛇身上只有兩種顏色——紅色和綠色，牠雙眼就像擁神秘魔力，把江河的視線完全吸引。

魔物名稱：紅草眼鏡蛇
等　　級：5
種　　族：陸行獸族
屬　　性：毒
描　　述：生活在紅草草原上的眼鏡蛇，以紅草作為食糧，體內會提煉出紅草毒液，可以透過牙齒把毒液注射入獵物體內。
特　　性：主動、毒素、蛇行

江河額角流出汗水，眼前魔物實力雖然不強，不過牠體內的毒素可是很危險的，只要被牠咬一口而沒有及時服下解毒劑，便會在五分鐘內死亡。

江河跟眼鏡蛇保持距離，用劍尖直指眼鏡蛇的腦袋。

眼鏡蛇吐出蛇信，以蛇行方式接近江河。江河踢起腳邊的一枚石頭，嚇得眼鏡蛇往一旁閃去，就在眼鏡蛇閃退的同時，一擊入魂順勢揮出，把眼鏡蛇攔腰斬開，分成兩半的眼鏡蛇還沒有死絕。

「讓你死得痛快點！」江河一劍刺入眼鏡蛇的腦袋，兩邊蛇身一同化作光點，消散於天地。

「擊殺紅草眼鏡蛇，獲得50經驗，獲得道具：紅草毒液 × 1、蛇牙 ×1。」

在草原上，江河獨自重複著殺蛇升等的沉悶動作，在實感系統的影響下，他連續砍殺了三十分鐘後就感到疲憊不堪。

江河坐在草地上，看著天上的太陽，彷彿在藍天中看到慧怡的樣子浮現。順帶一提，九域爭霸世界每六小時就會進行一次日夜替換。

「不知道她今晚有甚麼事要做呢？」

也許江河已經習慣了跟慧怡一起升等，獨自升等只讓他感到沒趣。

「唉，還是登出吧！」江河站起身，拍拍身上泥土。

「救命啊！」有一個心急如焚的小孩子往江河跑來。

「發生了甚麼事？」江河問道。

「哥哥……求你救救我媽媽。」

「救你媽媽？」

小孩子拉著江河的手，「我媽媽掉進一個古井，我救不到她出來。」

「在哪裏？」

「那邊！」

小孩子帶著江河去到草原上一間破屋，破屋前方有一個荒廢已久的古井。

江河看著古井，「你媽媽掉了進去？」

「是！」

「那麼她還在線上嗎？」

小孩子含淚點頭，「不過媽媽進入了『不能通訊』區域。」

在遊戲內有很多「不能通訊」區域，它們通常位於迷宮範圍之內。只要玩家進入了不能通訊區域，他們就不能夠與外界交流，也不可以使用移動道具離開該區域。有些玩家浪費大量光陰亦沒法逃出迷宮，只能夠選擇刪除角色，故此，在迷宮之內經常可以找到其他玩家留下來的珍貴裝備。

「那就麻煩了。」

江河完全不熟悉這個古井，就算他下去嘗試拯救小孩的媽媽，也不一定有方法可以逃出古井。

「大哥哥，你要幫幫我！我……我就只有媽媽……」

江河輕撫小孩的腦袋，「別怕，哥哥再想想辦法。」

江河心中暗想，要是這一刻慧怡在他身邊，一定可以想到解決方法。

「小弟弟，哥哥沒信心救出你媽媽。」江河皺眉道。

「怎麼辦……怎麼辦……媽媽為了賺取生活費，不分晝夜地攻略迷宮，很辛苦才賺取到九域幣，要是她，」小孩子淚如雨下，「要是她的角色出了意外，我跟媽媽就一定會餓死……」

很多人把九域爭霸當成一份工作，更有不少人因九域爭霸而擠身富豪行列。

江河嘆氣搖頭，他實在不知道該怎麼辦。

小孩子不斷搖頭，「不行……不行……哥哥一定要幫我。」

小孩子輕拍雙手，雙掌朝江河身上印去，一道軟綿綿的推力把江河推到井口之上，推力突然消失，江河被地心吸力吸進古井內。

小孩子的名字慢慢轉成血紅色，身體有一陣薄薄的紅光覆蓋。

「哥哥一定要救媽媽出來……一定要……」他喃喃自語。

古井內。

江河一直往下墜，他用黃金劍插入井壁，希望藉此減低衝擊力，劍刃與井壁擦出大量火光，把伸手不見五指的井內空間照亮。在江河快要墮到井底之際，劍刃終於卡住了井壁，止住了他的跌勢。

憑著最後的火光，江河知道自己距離井底只剩下不足兩米距離，他拔出長劍，安全著陸。

洞內沒有光線，江河弄不清井內情況。

「有沒有人呀？」

「有沒有人……沒有人……沒有人……」聲音在井內迴盪。

江河翻查自己身上的道具，沒有任何一件道具具備照明功能。正當他不知所措時，一點燭光在遠方出現，江河此刻才發現原來所身處的古井是一個很巨大的空間。

「你也是從古井掉下來的？」提燈人問道。

「是。」

「跟我來吧！」

提燈人帶著江河去到前方一個轉角位，在轉角位後背有一條樓梯，他們上了樓梯後去到一個燈火通明的小空間。

「歡迎來到古井迷宮。」

江河皺著眉，抱胸問道：「古井迷宮？」

「沒錯，這個迷宮很特別，至今我們都還未找到出口。」提燈人道。

「你們？」

「連同我，一共有七人。」

「那麼其他人？」

「都登出了。」

「那麼你來了多久？」

提燈人放下油燈，坐在一旁石上，「一個月了，要不是我們身上帶有糧食，我們的角色早餓死了。」

「一個月……」

江河心中焦急萬分，他總不可能一直躲下去，而且身上所帶備的食物最多只能夠讓他支撐一星期。

「你們有沒有找到離開的線索？」

「沒有，不過我們製作了一張地圖，記下了所有通行的道路。」

「可以給我一份嗎？」

「當然可以。」

提燈人手中出現一塊羊皮，他把羊皮交到江河手上。

江河拿著地圖仔細研究。「對了，在我之前有沒有一個女人掉下來？」

「沒有。」

「哦。」江河暗地裏加強了對眼前人的戒備。

江河拿起油燈，「可以借我用嗎？」

「可以。」

「我去探探路。」

「要一起嗎？」提燈人緊張問道。

「不用。」江河微笑道。

提燈人臉上出現了一瞬間的厭惡，「那好吧！」

江河帶著油燈回到剛才掉下來的地方，他右手往一旁揮出，呼叫出選單查看時間。

「八時正，還有時間……」

江河收起選單，看看上方的洞口。

「沒有飛行異能是不可能從此處回去，就算有相關技能，也有可能受制於遊戲系統設定而不能夠直接飛回地面。」

他蹲在地上，「要是我猜想沒錯，那麼應該……」

他在地上仔細的搜索了半小時，「甚麼都沒有，去其他地方看看吧！」

依照地圖所示，整個古井空間合共有四條通道，分別通往東、南、西、北，四個方向。

「這樣整齊的設計，完全不像是普通的古井。」

一般的井都只是往下掘，掘到地下水脈為止，不會浪費時間在井下方建出整齊脈絡的空間。

「要說這裏是古井，倒不如說是一個地下基地。也許是在很久以前，這裏發生過戰爭或基於其他的原因，促使某人建造出這個地洞。」江河跟自己道。

江河最先探索的地方是西方秘道，他直覺去這個方向會有所發現。

還好古井迷宮內沒有魔物，至少江河還沒有遇到，所以他能夠仔細地檢查迷宮。他發現迷宮內壁都用了一些特別物質加固，不過憑肉眼看不出牆壁與普通泥土有何分別。

江河拔出黃金劍，擺好架勢對古井內壁揮出一劍。

「噹！」

強烈的反震把江河震得虎口生痛，痛得差點就握不住長劍。牆壁果然不是用普通泥土造成，也許是附上了特別的禁制或是用了神秘物料以作加固。

江河把黃金劍收回食人蛙腰包中，繼續探索。

依照地圖所示，江河去到西面通道的盡頭，是一條死胡同。

「完全沒有任何特別之處。」

江河還以為這個古井是由法里路所製造，是防空洞之類的東西，要是猜想正確，古井的西面應該會有跟法里路城連接的地方，只可惜事與願遺，沒有如他所料找到逃出的關鍵。

時間已不早，再糾纏下去也不會找到方法逃去，江河取出帳篷，在西面通道盡頭處登出。

翌日午膳時間，學校有蓋操場。

七位觀音兵在遠處咬牙切齒，看來他們還沒有放棄教訓江河的念頭。

江河跟慧怡坐在一起。

「係呢，你琴日升到幾多LV？」

江河欲言又止。

「做咩？」

江河輕嘆一口氣，「我跌咗入去一個迷宮入面，搵唔到出口。」

「迷宮……紅草營地附近唔應該有迷宮㗎喎。」慧怡側著頭道。

江河拿出一張廢紙，在紙上畫出古井的位置，「我就係喺依度俾人推咗入去個井入面。」

「井……迷宮？無理由有迷宮我唔知㗎？」慧怡皺起眉，看著紙上的古井道。

江河吃了一口麵，續說：「真係有個迷宮喺度，我冇呃你。」

「……今晚我落嚟搵你。」

「唔好！」

「咪咁婆婆媽媽。」慧怡指著江河的鼻說。

他們二人的言行，把觀音兵的血液都轉化為酸醋，他們恨不得馬上就把江河的頭擰斷。

江河跟慧怡約好，今晚八點在古井迷宮的起點見面。

「我要去幫阿媽買餸，今晚再見。」慧怡先行一步。

「好，今晚見。」

CHAPTER 02 2.2

九域爭霸世界，紅草營地南面一公里。

「就在這裏？」**Tracy**手上拿著一把長劍道。

Tracy的近戰技巧很差，不過拿劍砍怪似乎是九域世界的共識，哪怕是你的能力與劍一點關係都沒有。

「救命呀！」

Tracy轉身望去，見到一個小孩子跑過來。

「姐姐……求你救救我媽媽。」

Tracy皺起眉頭。

小孩子拉著**Tracy**的手，「我媽媽掉進一個古井，我救不到她出來呀！」

Tracy臉上掛著一個詭異的笑容，「喔，好啊，帶我去吧！」

小孩子帶著Tracy去到破屋，站在破屋前的古井旁。

「原來是在這裏。」Tracy托著下巴道。

「求求你快點救我媽媽！」

「當然……」Tracy用劍刺入小孩的腦袋。

「你……」

「為了攻略迷宮，我預先使用了『真實藥水』，身為惡魔的你不可能不知道『真實藥水』的作用吧？」

小孩身上的肌肉在跳動，腦袋傷口流出夾雜著腦漿的血液，「不……你只有十等，不可能擁有真實藥水……」

「怎會不可能。」Tracy拿出一把短劍。

小孩看著短劍，記起了一個在族人之間流傳過的人物，他雙腳開始慢慢化作光點，「原來是你……真倒楣，怎可能剛來到就踢到鐵板……」

「明明只差三個人就完成啊……」小孩化作光點消散於天地間。

「真危險，只差三個人就完成『惡魔召喚』。」Tracy可不會忘記惡魔的恐怖。

Tracy收起所有武器，看著古井，「是時候進去了。」

古井內，江河坐在井口下方靜靜等待，他深怕Tracy未能平穩降落，所以一直都不敢鬆懈。

「來了！」

上方有一人影急墜，江河伸出手準備把上方黑影接下。

「讓開！」上方的人喝道。

江河頓時往身旁閃開一步，墜下的身影平穩降落在地面。

「果然是個迷宮。」毫髮未傷的Tracy道。

「Tracy。」

Tracy看著江河，不屑地道：「你剛才不是打算徒手接下我吧？」

「我，是……」

「噗，這裏迷宮入口啊！只要放鬆身體就可以平穩降落，是遊戲的預設。」

「是嗎？」江河尷尬得滿臉通紅。

Tracy取出一顆夜明珠，「不用使用那油燈了，用這顆夜明珠就行。」

一顆細小的夜明珠，已能夠把整個迷宮照得燈火通明。

Tracy指著西面的道路，「我們去那邊。」

「那邊？我去過那邊了。」

「那邊有『玩家』。」

「你怎知道？」

「看到。」

提燈人緩緩步出，「喔？又多一位朋友來到。」

「你就是迷宮的主人？」Tracy問道。

提燈人沒有否認，只是用意味深遠的目光看著Tracy。

「拿出武器。」Tracy弓身道。

「甚麼？」江河側頭問道。

「蠢貨，你跟一頭魔物相處了那麼久都不知道！」說罷，Tracy朝提燈人擲出一枚鋼珠。

火焰鋼珠如流星劃過，直擊在提燈人的頭上。

「噹。」

提燈人用手背擋下火焰鋼珠，鋼珠只在他手背擦出一絲白痕。

「既然身分被揭穿，再裝下去也沒有意義。」

提燈人皮膚開始變得漆黑，一對肉翅從背後張開，尖長的獠牙從嘴唇突出。

「人類，竟然阻止惡魔召喚……就讓我殺掉你們。」

「惡……惡魔！？」江河緊握黃金劍。

Tracy雙手各抓著五枚鋼珠，「你來牽制他，我來幹掉他。」

魔物名稱：不成氣候的惡魔
等　　級：20
種　　族：惡魔
屬　　性：暗
描　　述：生活在黑暗世界的惡魔，一直在等待機會完成惡魔的召喚，正式降臨人間。
特　　性：被動、惡魔化、飛行

「人類，受死吧！」惡魔咆哮一聲，舞動著一對利爪。

惡魔張開利爪，肉翅一拍就從江河頭上掠過，往Tracy撲去，他知道只有Tracy能夠威脅到牠。

「別逃！」江河大喊一聲，手上的黃金劍朝頭上黑影劃去，只可惜他的速度比不上惡魔，只能斬中惡魔的殘影。

「小妹妹，受死吧！」惡魔的黑爪往Tracy臉上抓去，Tracy不慌不忙往後退去，在後退同時擲出十枚鋼珠。

惡魔知道Tracy鋼珠的威力，不敢在不使用能力情況下硬接鋼珠，只好硬生生停下攻勢，用手背把鋼珠擋下。

「你的能力只能夠在手背發動？」Tracy一邊說，一邊發動能力。

火焰鋼珠如流星雨般拍打在惡魔身上，惡魔要不用手背、要不用肉翅把火珠通通擋下，不過他的速度亦因此而大大減慢。

「喝！！」江河在惡魔身後發動一擊入魂。

「叮！」

劍刃在惡魔後背擦出一道火花，惡魔完全沒有理會江河的攻擊，只是死死的盯著Tracy，要先把Tracy擊殺在爪下。

「別再逃！」惡魔雙眼發出腥紅的光芒，速度竟然再次提升。

面對提升速度後的惡魔，Tracy不能繼續且戰且退的戰術。

惡魔跟Tracy的距離拉近，只剩下不足十米的距離，在近距離內Tracy使用不了鋼珠，而惡魔卻可以把他的近戰優勢發揮到極致。

「你死定了！」

惡魔伸手抓往Tracy的右肩，還好Tracy的胸甲堅固，沒有被惡魔傷及肩膀。同一時間，Tracy的裝甲燃起火焰，她的速度瞬間提升幾倍。

江河內心焦急得很，他清楚看到Tracy的生命條消失了十分之一，雖然她的速度暫時比惡魔還要快得多，不過只是短暫的效果。

「Tracy！來我身後！」

Tracy繞過惡魔，跑到江河身後。

「由我來擋下他。」江河凝重道。

「你？可以嗎？」

「可以！（不可以也得可以！）」江河堅定道。

江河雙手緊緊握著長劍，眼睛之中就只有惡魔。

「讓開！」惡魔右手如鞭拍來，江河對惡魔的右手發動一擊入魂。

「噹。」惡魔用手背輕易擋開黃金劍。

「沒有用的。」

江河沒有理會他的話語，繼續瞄準惡魔發動一擊入魂。

「噹！」「噹！」「噹！」

江河額頭布滿汗珠，持續發動異能極為消耗精神力，江河現在還能夠保持意識，只不過是憑著胸中一口氣。

「夠了！」惡魔被江河惹怒，十片如刀刃般鋒利的指甲朝江河的臉、胸劃去。

「啊！！」江河右手握著長劍，用盡吃奶的力揮出。

「沒有用的！！」

惡魔用左手拍走江河的長劍，黃金劍往一旁飛去，赤手空拳的江河難以抵抗惡魔攻擊，右手被惡魔劃出一道深可見骨的傷口，血條馬上被削減三分之一，錐心之痛把江河弄得倒在地上，全身顫抖。

「江河！」Tracy道。

「還有空擔心別人？」

惡魔右手握成劍指刺去，Tracy喚出長劍格下劍指，可是不熟悉劍技的她跟惡魔稍為對上幾招後，已經弄得虎口裂開，再這樣下去她的右手就會失去活動能力。

「不……」江河強忍疼痛，從道具寶箱中取出包紮用品把右臂粗略包紮好。處理好右手傷勢後，他嘗試拿起黃金劍，卻發現右手仍然很痛，痛得不能發力。

Tracy裝備所提供的加速效果早已消失，現在單靠著生疏的劍法去抵擋惡魔攻擊，吃力得很，所謂久守必失，也許用不了一分鐘Tracy就會敗陣。

「不行！我要去救她！」江河用左手拿起黃金劍，全力跑往Tracy身邊。

「你完了。」惡魔的利爪劃過Tracy的腰間，把她的右腰劃出又深又大的傷口，由於Tracy正使用第三身感受系統，所以沒有感受到痛覺。

Tracy見到自己的血條少了一大半，更附上了「虛弱」（攻擊力減弱30%）和「出血」（每一秒失去最大生命值百分之一的血條，直至1%）狀態，要是再持續下去，很快就會失去活動能力。

注：玩家生命少於30%就會失去活動能力。

Tracy迅速取出藥貼按在傷口上，「出血」效果馬上消失。惡魔的攻勢一浪接一浪，**Tracy**只能夠再消耗10%生命發動裝備能力，火焰再次從她身上裝甲噴出。

「火焰投擲！」

十枚鋼珠以先後不一的速度擊往惡魔，惡魔用肉翅護住身體，就算是堅硬如鋼的肉翅也不可能完好無缺的擋下十枚鋼珠。

「臭丫頭！」惡魔因疼痛而生怒，一爪往**Tracy**臉上劃去。

「要不是等級太低……罷了。」

Tracy拿出她的短刀，那把她還不想用的短刀。

江河左手握著長劍揮來，「受死！！」

軟弱無力的劍斬在惡魔身上，不懂使用左手劍的江河，連原先的十分之一威力都發揮不到，而異能一擊入魂亦只能在右手持劍時發動，他存在與否已經不會影響到惡魔的行動。

Tracy握著短劍，準備發動她的異能。

江河咬緊牙關，左手緊握黃金劍儲力砍去。

「技能習得：異能——四大元素（Mahābhūta）：烈焰劍氣、黃土劍氣、青水劍氣、疾風劍氣」

「異能烈焰劍氣發動。」

江河手中長劍纏上高溫火焰，縱然揮劍威力不足，所附加的火焰卻能夠纏上惡魔身上，對惡魔造成傷害。

「啊！！很熱！！人類！你幹了甚麼？」惡魔拍動肉翅，希望把火焰弄熄。

「未完！！」江河大步踏去，左手劍再次揮出，烈焰劍氣再次發動，可憐的惡魔再次被火焰纏上，變成在走路的大火球。

「做得好！」Tracy笑道。

Tracy早已收起短劍換上鋼珠，鋼珠如雨撒出，化作一場流星雨。

受身上火焰影響，惡魔根本看不到鋼珠的軌道，也來不及用肉翅包圍身體，身上不斷出現大大小小的血洞。惡魔的生命條被快速削減，生命消逝使惡魔的活動力下降，活動力下降就更加不可能躲開攻擊，惡魔身陷死亡旋渦。

「人類！！……」惡魔最終支持不住，化作光點消散。

江河伏在地上大口喘氣，已經沒有力氣再爬起身。

「謝謝。」Tracy道。

「不……要不是你，我一定會被惡魔幹掉。」

「不會，他正在進行惡魔召喚，是不會親手殺死你的。」Tracy微笑道。

「惡魔召喚？」

「你日後有機會再碰到時，就會知道是甚麼。」

「那麼我們……」

Tracy取出帳篷，「先休息明天再繼續吧！」

「嗯。」

名稱：四大元素——烈焰劍氣（主動）
種類：異能
條件：使用劍類武器
描述：使用左手握劍，劍刃纏上火焰，對敵人造成能量性傷害。

名稱：四大元素——黃土劍氣（主動）
種類：異能
條件：使用劍類武器
描述：使用左手握劍，身邊圍繞碎石，在碎石的保護下有限度加強防禦力。

名稱：四大元素——青水劍氣（主動）
種類：異能
條件：使用劍類武器
描述：使用左手握劍，身旁出現青水霧氣，減弱一切負面效果並持續回復生命（對隊友有效）。

名稱：四大元素——疾風劍氣（主動）
種類：異能
條件：使用劍類武器
描述：使用左手握劍，劍刃附加風屬性，劍身變得輕盈，就算是沉重的劍也能夠變得輕如羽毛，此效果還會有限度加強使用者的速度。

CHAPTER 02 2.3

又到了學生們最期待的假期，大部份人都會善用假期邀約朋友外出遊玩，很明顯江河並不屬於這類人，除了遊戲世界外，江河沒有其他去處，只不過沒有慧怡的帶領，他自己一個人並沒有方法離開迷宮。

江河軟軟地趴在床上，賴床了個多小時後，不得不爬起身梳洗。他去到廚房，從雪櫃取出兩枚雞蛋放到煲內，加水用猛火加熱。乘著加熱的時間，他拿出兩片火腿放到碟子上，順手開了一個茄汁豆罐頭，把茄汁豆伴在火腿旁邊。

「差唔多得。」江河關掉爐火，任由雞蛋在熱水中多焗一會兒。他從廚櫃拿出一包即溶咖啡，走到熱水壺旁用熱水沖開咖啡。他從煲中取出雞蛋，把溏心蛋放到碟上，再連同火腿茄汁豆和咖啡一起拿到窗邊。

「搞掂。」

他對食很執著，覺得早餐應該有多豐富就多豐富。

檯面的電話震動，他收到來自慧怡的短訊。

「遊戲內見。」

短短四字足以牽動江河的心靈，他把眼前食物如垃圾般倒入口中，不加咀嚼就把它們盡數嚥下。

「仲有咖啡！」

他把咖啡一口喝盡，再戴上夢之橋。

「神經連接完成，靈魂接收，登入座標確定，異能域——古井迷宮。」

眼前的景色開始變幻，當視線回復清晰，江河就發現自己身處在古井迷宮內。

「夢之橋真是神奇的發明。」江河感慨道。

「你來了？」**Tracy**坐在一旁道。

「是。」

Tracy拍拍身上的灰塵，「走吧！」

Tracy往西邊通道走去，她就像一早知道出口的位置，完全沒有放慢腳步。當他們去到西邊通道盡頭時，**Tracy**在牆邊蹲下，右手輕按牆壁。

「轟隆隆……」

盡頭的泥土牆開始往地面沉下去，就像一道閘門打開似的。

「你……你怎知道？」江河指著泥牆，驚訝問道。

「別問，我們先出去。」

他們沿著新出現的秘道往前走，很快就看到陽光射進地道。

「是出口！」江河興奮道。

當他們步出秘道時，就接收到系統訊息。

「成功攻略古井迷宮，獲得$10,000獎勵、殘舊的羊皮×1。」

離開秘道後，二人就出現在法里路城東門外，當江河回頭一看，發現秘道出口已經消失不見。

玩家們人來人往，卻沒有人察覺到二人突兀出現。

「對了，你是如何知道的？」江河問道。

Tracy在身前輕點，與江河進行交易。

「自己看，別說出來。」Tracy輕聲道。

江河眼前出現一個半透明視窗，他輕點視窗左上的道具圖示，一段訊息從道具彈出。

道具名稱：真實藥水
分　　類：輔助道具——藥水
評　　級：罕有
解　　說：由多種神秘藥草混合煉製而成的藥水，具有顯示出真實的效果。服用藥水後，在七天之內可以看到一切迷宮機關，無視所有偽裝能力。
使用等級：1
價　　值：$50,000

「這……這東西那麼貴？」

Tracy解除交易，「不算貴了，以它的效果絕對能夠換取遠超於它標價的價值，而且這東西就算你有錢也買不到。」

「那麼你怎會有？」

「以前留下來的。」

其實，江河曾經試過多次旁敲側擊Tracy，希望得知她以往角色的資料，只是Tracy一直在東拉西扯，好像不想提及過去，既然Tracy不想說，江河就沒有再追問。

回到法里路城，Tracy帶江河到城內的各個區域瀏覽。

一個標準城鎮必定會有一座城鎮中心，用以發布任務或讓玩家會合、交流，每當城鎮有大事舉辦，都會在城鎮中心內舉行。當然不得不介紹只有城鎮才會擁有的傳送系統，傳送系統的目的地要視乎該城主與其他城主的交情，只有雙方都認可對方，才會激活兩城之間的通道，當然也有方法可以單方面強行打開通道。

城內有不少公會駐守，公會通常與城主有一定交情，否則不會把自己的根據地放於別人的城池。

Tracy帶江河去到一間酒吧前方，「我們要進去收集情報。」

「到城鎮中心收集情報不是比較好嗎？」

「不，有用的情報只會在酒吧裏出現。」

Tracy走進酒吧，坐在吧檯旁，她叫了一杯蛋酒。江河沒有喝過酒，也不知道九域內有甚麼酒，於是照辦煮碗叫了杯蛋酒。

「蛋酒。」酒保推出兩杯酒。

「最近有沒有甚麼趣事發生？」Tracy問道。

酒保嘴角上揚，輕敲桌面三下。

Tracy取出三張百元紙幣，酒保一手就把三百元收好。

「聽好了，據說早兩天有人在城西民居中發現一座古怪石山，石山內間中傳來慘叫聲，不少居民在檢查石山時失蹤，還經朋友證實已經遇害。」

「嗯？有沒有實質線索？」Tracy問道。

酒保搖頭。

「那麼你這個情報根本不值三百塊，難道你想我啟動『審判』？」

遊戲世界內的所有交易都會受到系統所監控，要是有人以欺詐方式騙取道具，被騙一方就可以使用

「審判」功能把欺詐者抹殺。審判系統亦適用於「誓言」，不少公會的入會要求都需要新會員發誓效忠於公會。

「不！！我再加一個情報，『深紅熊貓』的會長人選已確定由副會長擔任，他亦對外宣布會參加本年度的異能域大賽，帶領本域玩家於域界戰場把敵人殺個片甲不留。」

Tracy眼睛向上滾動，稍作思考，「這個情報也很普通呀！」

酒保額角留出汗水，「大小姐，小弟只是想糊口，求求你放過我吧！」

「住口，」**Tracy**喝了一口蛋酒，「還有沒有關於法里路城的情報？」

「有，不過……」

「說。」

酒保解開頸頭鈕扣，伸伸舌頭說：「有一個瘋子在市集售賣一截破劍，標價十萬元。他說這把破劍是一個『傳說級』迷宮的關鍵門匙，經過鑑定師鑑定，已經證實他在說謊。」

「那又如何？」

「最後那人用那半截劍自殺，無主的半截破劍被城主下屬拾走了。」

Tracy指頭按著下巴，「城主竟然想得到它……也就是說那傢伙很有可能在說真話。」

「對。」

「好，交易完成。」

當Tracy把這句說出口，酒保隨即鬆了一口氣。

江河無法介入二人的對話，不過他對於那半截劍很感興趣。

Tracy站起身，「我們去拿那半截劍。」

「甚麼？」

Tracy輕舔嘴唇，「傳說級迷宮是可遇不可求的，值得放手一搏。」

「不過那東西應該已經在城主手中，我們總不可能去搶吧？」江河道。

Tracy搖動食指，「當然不是搶，是偷。」

「偷？」

「我記得法里路城附近應該有萬事樓分部……」

「你是想請萬事樓幫忙？」江河驚訝問道。

「當然，要不你有其他方法？」

萬事樓在各個域界都設有分部，只要你有辦不了的事而付得起代價，就可以去找萬事樓幫忙。傳聞有人付出了沉重代價要求萬事樓去消滅一個武林域的大公會，結果在一夜之間，那個公會就消失於九域爭霸。

那件事震驚武林，震驚整個九域，事後有人找到目擊者。

「白光一閃，人就死光了。」自稱是目擊者的人說。

至今，仍然沒有萬事樓完成不了的任務。

江河跟**Tracy**在法里路城某餐廳內大快朵頤，遊戲內食物的價格與現實世界無異，不過遊戲內的角色必須要進食，所以他們沒有法子不在遊戲內消費，而且這裏的食物味道絕對不會比現實世界差，還有各種不存在於現實世界的美食可供嘗試。

江河專心享受眼前美食，用餐刀切開厚嫩牛扒，暖暖的肉汁從牛扒溢出，他把牛扒切成一口大小送進嘴巴。

「對了，萬事樓離這裏遠嗎？」江河問道。

「不算遠，往南走兩公里左右就到。」

他們沒有急於前往萬事樓，吃過大餐後，他們先去了市集添置道具，補給消耗品。

「你要不要換過一套裝備？」Tracy問道。

江河已經達到十等，不過除了衣服和武器之外全身都是新手裝備。

「也好。」江河看著自己的裝備欄道。

Tracy跟在江河身後，「你就看看附近有沒有適合的套裝。」

「是。」

由於套裝會有附加能力，所以套裝比起單件裝備有著較佳效果，然而有些傳說級裝備具備逆天的增幅效果，比起套裝還要強大，可是這類裝備極為罕有，不是有錢就可以買得到，因此大部份玩家只能選擇使用套裝。

在大部份市集內，販賣裝備的玩家比販賣其他道具的玩家要多，原因是裝備的流動性很高，除了傳說級裝備和附加了特別技能的裝備外，所有裝備都會損耗，而懂得修復裝備的人不多，就算讓你找到有學習過鍛造技能的鍛造師，也不一定能夠成功修復，就算能夠修復，付出的代價有可能比起買過一件新裝備還要高。

異能域的武器需求不大，異能的攻擊力很多時候都不看重武器的品質，所以異能域玩家對武器的需求只停留在「能夠發動異能即可」的層次；相反，防禦性裝備的需求則是供不應求，使防禦類裝備價格持續高企。

江河目標是換過一套防具，好的防具能夠大大提升玩家的存活率。

江河走到某地攤前，輕點道具查看詳情和標價。

道具名稱：狂犬護甲（上）
分　類：防具——衣服
評　級：普通
解　說：以狂犬毒液混和精鋼造成的護甲，護甲表面會反射出詭魅紫光。與狂犬護甲（下）一同使用，會習得「狂犬毒」技能。
配帶等級：10
價　值：$8,000
標　價：$20,000

道具名稱：狂犬護甲（下）
分　類：防具——褲子
評　級：普通
解　說：以狂犬毒液混和精鋼造成的護甲，護甲表面會反射出詭魅紫光。與狂犬護甲（上）一同使用，會習得「狂犬毒」技能。
配帶等級：8
價　值：$5,000
標　價：$10,000

狂犬護甲套裝的價格不算貴，能力卻算得上不錯，狂犬毒技能是主動技能，它有兩個效果：一，接下來三招攻擊會附上令人陷入失血、暈眩狀態的狂犬毒，冷卻時間一分鐘；二，對自己使用「狂犬化」，攻擊力、速度提升三倍，使用者失去意識，變成一頭殺戮機器，解除技能時失去90%現有生命值。

單是套裝的附加技能已經對得起它的售價，對於江河的選擇Tracy表示認同，亦很佩服江河的眼光。

「多謝。」老闆微笑點頭。

江河剛取得套裝就馬上換上，一套亮紫色的鋼甲出現在他身上。

「還有沒有東西要買？」Tracy問道。

「沒有了。」

「很好，那麼我們就出發吧！」

萬事樓分部位於法里路城南方約兩公里外，以二人腳程來說並不算遠。沿路上，他們把遇到的魔物一一幹掉，順便把等級提升上去。

「對了，你知道法里路城城主的資料嗎？」江河問道。

「知道一點，是有關於他的能力和等級，在一個月前他達到了65等（最高等級為99），異能是『絕對零度』。」**Tracy**托著下巴道。

「絕對零度？那麼他不就是無敵嗎？怎可能有人能夠忍受絕對零度？」

「哈哈，絕對零度純粹是他的異能名稱而已，事實上只是能夠凍結別人的能力，而且溫度和影響範圍皆取決於他的精神狀態，並非無敵異能，比起絕對零度恐怖的異能可多的是……」**Tracy**眼中浮現一絲殺氣，殺氣在剎那間就消失不見。

「那麼要是被他發現了……」

「要是他知道是我們幹的，那麼我們死定了。以我們身上的裝備來說，根本不可能是他的對手。」

江河倒吸一口涼氣，搖頭輕嘆，可以的話他可不想那麼快就樹立強敵。在九域世界中得罪一個城主，無異於在現實世界得罪黑社會或有背景人士，不敢想像會有甚麼下場。

在草原上，有一間樹屋高掛在孤傲凜立的巨樹上，巨大的樹冠為草原提供了大大的樹蔭，不少人在樹蔭之下乘涼。

這裏聚集的人不少，不過來找萬事樓辦事的人不多，在九域之中沒有太多人能夠支付萬事樓的代價。

江河站在樹底，仰頭望向遮蔽半個天空的樹冠，在巨樹之下，他自覺渺小得很。

「我們怎上去？」江河問道。

Tracy指著盤根錯節的樹根，「那邊有樓梯。」

巨樹樹幹上有一條樓梯供玩家前往萬事樓，在爬樓梯的同時，更可以欣賞附近草原的美景，不少玩家在巨樹的粗大枝幹上野餐，「休閒遊樂」的態度是九域中絕大部份玩家的取態。

面對如此真實的美景，不好好享受就是笨蛋。

走過樓梯去到木屋，二人互相對望，Tracy推開木門，江河緊隨其後走進木屋。木屋內燈火通明，你不可能幻想到在木屋之內竟然是極為先進、充滿科技感的大堂，在大堂的盡處有一位老伯向二人招手。

「你們是來幹甚麼？」老伯問道。

「有事想請萬事樓幫手。」Tracy道。

老伯從身上取出一塊白色卡片，「拿著它，把它放到那邊的感應器上。」

Tracy拿著卡片，依照老伯的指示把卡片放到柱狀感應器上，金屬牆壁打開，原來這堵牆是一道門，升降機的門。

二人步入升降機，大門隨即關上，他們感到一陣輕微的震動，升降機門就再次打開。

「歡迎你們。」身穿黑袍的高瘦男子道。

黑袍男的頭上沒有出現名字，看來不是普通的玩家，江河留心一看，發現黑袍上紋有暗紅色火焰圖案，從衣領到袍腳都是不規則的火焰圖案。

「你們有甚麼願望？」黑袍男問道。

「我想你幫我偷取一件道具，是半截短劍，在法里路城被城主手下拾走的半截短劍。」Tracy道。

那人閉目片刻，開眼續說：「沒有問題，那麼代價是你所有的真實藥水。」

「這……這個代價未免太大了吧？」

那人臉帶微笑，負手背向二人，「你們不想完成交易的話，大可以離去。」

Tracy雙手在身前揮舞輕點，手上就多了兩瓶藥水，「既然代價那麼大，那麼回報也絕對不會小，我就跟你進行交易。」

那人右手一揮，Tracy手上的真實藥水就消失不見。

「交易完成，萬事樓會幫你完成任務。既然交易完成，你們可以走了。」那人道。

Tracy看一看江河，帶他一起離開萬事樓。

當二人離去後，一個虛幻身影在那人身旁出現。

「殿主。」黑袍男拱手道。

「夢大哥。」虛影說。

「為何殿主會來？」

「那人就是江河，這個世代的希望。」

「不過他完全沒有任何特別之處，是否……」

「我明白了。」

虛影搖頭，抱胸道：「不，雖然『System』尚未認同他，但是我會用盡一切方法使他成功。」

江河二人先回去法里路城，等待萬事樓把半截短劍送來。

「為甚麼你要交出那麼重要的真實藥水？」

Tracy淡然一笑，「真實藥水的取得方法雖然很麻煩，但是我知道要怎樣做，可是不讓萬事樓幫我們取得短劍，也許就會永遠失去進入傳說迷宮的機遇。」

「的確如此。」江河點頭道。

在二人快將到達法里路城時，他們見到有兩個玩家被十多人圍起來。

「快交出來！」

「不要，寶箱是我們先看到的。」

「交出來！！」

「不要。」

被圍堵的二人一男一女，男的身體微胖、樣子可愛，女的身材苗條、黑髮至肩，他們二人看起來年紀很輕，不過十三、四歲。

圍著他們的人屬於同一個公會——「**X-Men**」，到底中二病要多嚴重才會選擇以「**X-Men**」作為公會名稱？

「不交出來就殺了你們！」

女孩雙手各握一把長劍，「是嗎？那麼快點出手吧！」

「姐姐，我想吃東西。」男孩按著肚皮道。

「待會帶你去吃，我知道有個地方有很多雞翼。」

「雞翼？真的嗎？快帶我去啊！」

「讓姐姐先跟他們玩玩。」

X-Men成員眼見二人完全不把他們放在眼內，眾人皆怒氣沖沖。

「殺掉他們！」

也許他們恃著人多，不屑於使用異能，只拿著兵器往二人攻去。由於他們對其他玩家起了殺心並付諸行動，名字一起染紅，身體皆散發著淡淡紅光。

「紅了！可以出手了！」女孩興奮道。

Tracy嚇得張開口，「好快……」

「甚麼？」江河問。

女孩就像懂得瞬移一樣，突然出現在十多人的後方。

「嗯？她的異能是瞬間移動，大家小心！」

「是！！」

女孩用兩把長劍挽出幾朵劍花，再把長劍收進空間戒指。

女孩拍拍手道：「弟弟，我們走了。」

「好！」男孩高興得躍起。

「你是甚麼意思！以為懂得瞬間移動就不把我們放在眼內嗎？」有人怒道。

女孩如像看不見他們，徑直地走回弟弟那邊，當她從眾人身旁走過時，所有人一同化作光點消散，裝備掉到一地都是。

他們直至消散那刻，都不知道女孩是何時出手，就算是Tracy亦只能勉強看到一點。

「那個女孩的動作實在太快。」Tracy臉色發白道。

「那女孩幹了甚麼？何時出手的？」江河驚訝問道。

「就在她飛身出現在眾人身後時，她已經揮出了上百劍。」

「怎麼可能……」

江河定睛一看，在女孩二人的頭上出現了他們的名字。

「遠吉殿　杏霜」「遠吉殿　薑汁」

「遠吉殿，看來是一個很厲害的公會。」江河道。

「雖然我沒有見過這個公會，不過單是那位女孩的實力，相信她已經是異能域的頂尖強者。」Tracy點頭認同道。

遠吉殿二人沒有拾起陣亡者的裝備，轉身往法里路城走去，江河當然沒有浪費地上的寶物，把它們一一收入新購買的空間背包內。

回到法里路城後，Tracy提議先登出去吃個午飯，晚點再回來，於是他們兩人一起登出。

離開遊戲後，江河在家中瀏覽九域爭霸的攻略網站，他知道要在九域世界往上爬，就需要汲取更多有關於九域的情報。

「爸爸、媽媽……你哋依家到底喺邊？」

在瀏覽過程中，江河去了一個討論區，討論區正為一件事展開了熱烈的討論，那就是「外星人」事件。

據某用戶稱，他在某夜回家途中於西貢街頭看到天上有一點閃光以極慢速度飛向大海，然後突然加速消失於天際。

該討論帖內不乏「經驗分享」和「真偽挑戰」，用戶們壁壘分明，要不完全相信，要不完全不信。

於江河而言，他覺得世界很大，在外太空有生命體存在倒是合理，不過他認為外星生物未必能夠擁有跨越人類的科技水平。

「咕……」他感到飢腸轆轆，驚覺已下午三時。

某商場，某連鎖茶餐廳。

江河在牆上的點菜螢幕輸入了幾道菜色，然後安坐在座位中，才坐下沒多久，食物就送到。

「依個位有冇人坐？」有位男子問道。

「冇。」江河道。

來者是一位年約二十二、三歲的亞洲男性，他在大熱天還穿著樽領長袖衣服，怪異得很。

那人叫了一碟揚州炒飯，他從口袋取出一個瓶子，把瓶中的紫黑色液體撒在炒飯上。

江河心中只有一個想法，就是馬上吃光食物離開。

「你就係江河？」樽領男問道。

「你……你點知㗎？你到底係乜嘢人？」

樽領男用餐匙把炒飯都倒進口中，咕嚕一聲全部嚥下。

他拿起紙巾輕擦嘴唇，「係『先生』話我知。」

「先生？」

他身體往前靠，指著江河說：「你已經成為『齒輪兄弟會』嘅成員。」

「乜嘢兄弟會話？」

「齒輪兄弟會。」

「你……你……兄咩弟會……」江河語塞，他不知道該說甚麼。

那人食指放在唇上，「你留喺度唔好郁，『佢哋』已經嚟咗。」

「佢哋？」

「嗷！！」

有一個全身通紅的男人從茶餐廳門外跑進來，他嘴角不停流出唾液，頭往右傾，以極為怪異的動作行走，活像一具喪屍。

樽領男站起身，看著江河說：「我係『伊賀』，齒輪兄弟會嘅伊賀。」

江河不知道甚麼是齒輪兄弟會，只因齒輪兄弟會是頭一次出現在現實世界。為何齒輪兄弟會會來到這個世界？全因那次先生跟伊賀，也就是佐藤聖也的對話。

一年前，某次元內。

「先生。」佐藤聖也微躬上身道。

廖遠吉右手輕舉，微笑道：「聖也，我今日嚟搵你係有一件事想同你講。」

「先生請講。」

「你仲記唔記得喺好耐以前已經消滅咗嘅『外星生物』？」

「記得。」

廖遠吉緩緩點頭，然後拿出一疊照片，「佢哋再次出現。」

「不過先生，你唔係已經修補好大千世界嘅裂縫？」

「係，不過佢哋的確再次出現。」

廖遠吉把玩著手上銅錢，「我已經唔可以過於干涉依個大千世界，沙利葉亦都唔得閒去處理依件事，所以我想請你幫我做一件事。」

回到現在，通紅怪人撲向食客，他力大無窮，輕易就敲碎了一張結實的木檯。

「啊！！救命呀！！」

「搵人報警！」

「走呀！！」

伊賀從褲袋拿出一枚手裏劍，「就等我試下依隻怪物嘅實力。」

伊賀把手裏劍隨意擲出，看似隨心無意的一擊卻準確射中怪人的額頭。手裏劍其中一邊的刀刃完全插入怪人的腦袋，然而怪人仍然能夠活動，就像被插穿了的並不是他的腦袋。

「果然同以前一樣，即係要打爛你塊電路板。」伊賀道。

伊賀右手抓著自己左肩，一手把樽領衫扯破，顯露早已穿在身上的一套忍服。忍服以黃色為主調，胸口、肩、手腕位置皆是金屬製，其餘位置則是很貼身的神秘絲質材料。

他輕拍左手腕甲，手中就多了一把匕首。

江河眼神放空，陷入失神狀態。眼前的事令他腦袋短路，理解或處理不了所見到的一切，明明已經身處於現實世界，為何會遇到比起遊戲世界還要古怪荒誕的事情？

伊賀踏步躍出，一道寒芒劃過，怪人胸口就多了一個血洞。

怪人彷彿沒有痛覺，只顧攻擊最接近的人類。怪人張開雙手，想把伊賀抱入懷中，伊賀敏捷地躲開，讓怪人抱了個空。

「伏龍系統啟動。」伊賀道。

伊賀右眼前方出現一個綠光方塊，他再次躍出，這次他決定用匕首刺往怪人的後背。

伊賀化作一道殘影，然後在怪人身後出現，匕首插入怪人後背，少量火花從傷口處彈出，怪人隨即四肢僵硬，如木頭人般倒在地上一動不動。

「果然係咁。」伊賀從屍身上拔出匕首，眼前的綠光方塊消失。

伊賀到走江河身旁，把一個黑色盒子放到江河手中，「依個通訊器交俾你，我會再聯絡你。警察好快會嚟，你都唔好再留喺度。」

伊賀神態自若地從前門離去，江河提起手中的黑色盒子，也就是伊賀所說的通訊器。他把通訊器放入褲袋，放了六十元在收銀處後急步離開餐廳。

江河回到家中，把黑色盒子放在電腦桌上。

「到底發生咗乜嘢事……」他連衣服都沒有換，坐在梳化上開啟電視。

「現在係一節特別新聞報導，喺今日下午，一間位於黃大仙嘅餐廳發生咗一場命案，根據目擊者所講，死者突然之間衝入餐廳攻擊食客，之後有一個衣著古怪嘅男人用一把短刀將死者殺害……」

江河久久未能平伏，在屋內來回踱步，他看看時鐘，驚覺已經是跟慧怡約定好的時間，他決定先把腦海中的迷思放下，進入九域遊戲世界。

法里路城，旅館。

江河剛進入遊戲，就收到了Tracy的訊息。

「登入後速來南門。」

江河離開旅館，朝南門跑去。他走到街上，看見很多守備軍在路上匆忙趕路。所謂的守備軍是城主所僱用，身穿同款銀色鎧甲的玩家。

「讓開！！」守衛軍推開路邊玩家。

「他們幹嘛？」

「好像在城堡中發生了大事。」

江河心中暗想，應該是萬事樓已經完成任務，城主發現半截短劍被盜，所以就派出軍隊捉拿盜賊。

他的猜測完全正確，萬事樓已經成功在神不知鬼不覺的情況下盜取了半截短劍，當城主發現時，萬事樓早已把短劍交到Tracy手上。Tracy得到半截短劍後，為免被城主封城捉賊而不能離開，立刻先逃出法里路城。

法里路城南門。

「Tracy。」

「江河，跟我來。」Tracy領路，帶江河去到霜凍山脈下。

Tracy左右張望，確認附近沒有其他玩家，然後拿出半截短劍。半截短劍是一把生鏽的劍刃，江河看到短劍後，心生一種「想得到它」的念頭。

「Tracy可把它交給我嗎？」

「可以。」

Tracy把短劍擁有權交予江河，江河取出之前從紅草市集購入的半截短劍，他左手拿著劍刃，右手拿著劍柄，輕輕一碰，兩者就二合為一。

「得到道具，法里路短劍。」

「觸發任務：法里路的寶藏。」

任務名稱：法里路的寶藏（傳說級）
任務類別：系統任務
建議等級：50
任務描述：法里路在前往域界戰場前，把陪伴自己半生的裝備存放於霜凍山脈內，只要帶同信物前往霜凍山脈，就能夠開啟通往「法里路寶藏」的入口。
完成條件：帶同法里路短劍前往霜凍山脈，於寶藏中取得法里路留下的寶箱。
獎　　勵：法里路寶箱

「**Tracy**，你看到嗎？」

「嗯……看來這次任務的報酬相當優厚。」

「不過我們有能力吃下它嗎？」

Tracy若有所思，咬著指頭道：「現在尚未可以，我們先把等級提升上三十等，換上新裝備或許就有機會。」

「好。」

「我們用傳送陣去另一個城池，短劍你先收好。」

江河把短劍收進寶物空間，為了得到寶藏，就必須把等級提升上去。

Tracy打算使用法里路城的傳送陣前往西約望柏城，在西約望柏城內有一個極之適合他們升等的迷宮——彩虹樹洞。

彩虹樹洞是一個「爬塔式迷宮」，爬塔式迷宮是擁有若干層的迷宮，玩家由第一層開始一直往高層爬上，到達塔頂就算完成迷宮。這類型迷宮大多數都容許裏面的玩家跟外界通訊，以及可以使用逃脫類道具，是很安全的迷宮。

他們從南門入城，法里路城仍然處於開放狀態，看來城主並沒打算封城，也許他知道小偷早已離開、也許他覺得那把短劍不值得勞師動眾。

「兩個人，去西約望柏城。」Tracy跟傳送陣職員說。

職員點頭，「合共一千元。」

「是。」

職員收到一千元後，在眼前虛擬鍵盤輕點，「請進去傳送陣。」

「去吧。」Tracy道。

江河跟在Tracy身後，一起站在傳送陣上。

傳送陣啟動，腳下陣式有大量藍光溢出，江河感興到眼前視野開始變得虛幻，一陣暈眩感由心而生，幾息之後他就沒再暈眩，視野重新凝聚。

「到了。」Tracy步出傳送陣。

西約望柏城，傳送陣。

西約望柏城比起法里路城的規模有過之而無不及，全因彩虹樹洞吸引了大量玩家於城中逗留，加快了西約望柏城的發展，就連全異能域第三大公會——「逐日」，都以西約望柏城為根據地。

西約望柏城的城主並不是逐日的成員，卻跟逐日會長有著不淺關係。於城中不難見到逐日的成員，就連彩虹樹洞的最頂三層都被逐日劃為禁區，闖入者死。

面對逐日霸權，其他玩家只好默默忍受，除了最大和第二大公會，哪裏還有人敢出來反抗？

彩虹樹洞正正在西約望柏城的正中心位置，城主的家設在彩虹樹洞第二十層的空中樓閣。

彩虹樹洞共有五十層，從外面看來是一棵高聳入雲的巨樹，樹葉呈七彩顏色，在巨大無邊的樹冠旁有無數彩虹廷伸出來，是九域的其中一個「仙境」。在彩虹樹洞有很多一等新手，他們都是為了旅行而進入遊戲的旅客，這群遊客促使西約望柏城發展成一個旅遊城鎮，酒店、食肆、酒吧開到滿街都是。

「我們進去迷宮前先跟其他人組隊吧！」**Tracy**道。

「為甚麼？」江河問道。

「跟別人組隊能夠更有效率地升等，要是組上補師或法師一類玩家，升等速度就能更快。」

遊戲內沒有職業系統，不過玩家會因應自己的異能把自己定位為戰士、肉盾、弓手、法師、補師等。

Tracy虛點前方，發布一個廣播，「二弓一戰待組，已有套裝。」

「我們等等吧！」**Tracy**道。

江河抱胸而立，耐心等待。

戰士和弓手是常見的職業定位，需要等待一定時間才有機會跟別人組成隊伍。

「玩家沈浪熙，邀請你加入隊伍。加入／拒絕。」

他們二人馬上按下加入。

沈浪熙走到二人身前，「你們好，隊友們已經在樹洞1F，我們現在進去跟他們會合。在隊伍中已有法師和補師，請放心。」

沈浪熙上身裝備是藍色的短袖連身帽衣，下身是赤紅色的牛仔褲，背上卻揹著一把不合襯的銀色長槍。

他們能夠加入職位分配完整的隊伍，是千載難逢的機會。

彩虹樹洞，1F。

三人很快就去到正在戰鬥的隊友身旁，在第一層迷宮只有一種魔物，就是彩虹毛蟲。

魔物名稱：彩虹毛蟲
等　　級：10
種　　族：蟲族
屬　　性：木
描　　述：彩虹樹洞中獨有的昆蟲，需要三年時間才能成長為完全體，能夠吐出彩虹絲線，是一種很特別的蟲子。
特　　性：被動、吐絲

彩虹毛蟲雖然是群居魔物，其被動特性很適合玩家升等，所以在這一層迷宮內的玩家人數比起魔物還要多，往往彩虹毛蟲剛重生就被秒殺。由於隊員已齊，他們沒有再待在第一層，直接前往第五層迷宮。

第五層的玩家人數明顯下降，只有零零星星的隊伍在練功。這一層魔物等級在十五至二十等範圍之內，剛好適合江河的團隊。

「江河！你跟我去牽制牠，Tracy、風兒，你們在遠處火力壓制，狂火因應眾人生命條行事，Joe使用異能把接近的魔獸先行阻隔開。」

隊長沈浪熙把指令行雲流水地發出，眾人馬上就位，在戰鬥之中只要有一分猶豫就是死亡。

他們的敵人是一頭彩虹猩，牠身高兩米半，大手掌各握著兩枚椰子，牠以椰子作為武器不斷朝江河和沈浪熙攻去。

魔物名稱：彩虹猩
等　　級：17
種　　族：陸行獸族
屬　　性：金
描　　述：彩虹樹洞中獨有的猩猩，很喜歡吃椰子，長時間拿著兩顆椰子。牠會使用椰子作出攻擊，椰子硬度堪比珍貴武器。
特　　性：主動、衝動

江河用右手握劍，以一擊入魂來防守，每次都能夠成功擋開椰子攻擊。他之所以會以攻為守，全因他知道自己的任務只是牽制，並不是殺敵。

沈浪熙的武器是長槍，異能是「金屬型態」，在質量不改變的情況下可以改變金屬形狀。

沈浪熙連綿不絕地攻向彩虹猩，手上長槍時而化鞭扭動、時而化斧劈下、時而化針刺去，彩虹猩根本掌握不到沈浪熙的攻擊方式，身上被弄出好幾個深可見骨的傷口。

風兒的武器是手槍，異能為「火星的星火」，能夠把任何物質轉換為子彈射出，子彈的強度取決於物質的質量。

Tracy跟風兒一起發動異能，使彩虹猩的生命條快速削減。

相對眾人而言，掌握「生命聖歌」的狂火和「隕石壁壘」的Joe就輕鬆得多，他們只需要留意眾人的情況，就連異能都不用發動。

彩虹猩受不了眾人的攻擊，生命條被完全消去，化作光點散逸。

沈浪熙把長槍揹上，「很好，我們再找落單目標。」

風兒嬌柔地說：「隊長，我有點累。」

「那麼我們先休息一會。」

眾人在第五層的入口休息，沈浪熙使用了篝火道具，篝火能夠使魔物在沒有受到攻擊前不想接近他們。

Tracy坐在江河身邊，「你還可以嗎？」

「可以，有隊長幫忙，非常輕鬆。」

「那就好了，只要維持現在的進度，我們應該可以在三天內提升到三十級。」

「那就達標了……」

「對，就算你達到三十等，不過沒有相關的實戰經驗也是沒有用的。」**Tracy**笑道。

「你意思是？」

「依賴團隊升等的壞處就是個人戰鬥力難以提升，九域不像別的遊戲，玩家本身才是實力強弱的關鍵。」**Tracy**豎起食指道。

「知道，我會用空餘時間多加訓練。」

「不，待我們三十等後，我跟你組隊上去較高樓層進行實戰。」

「嗯。」

稍為休息了五分鐘，他們就繼續屠殺落單的魔物。隊員定位分明的隊伍，絕對能夠穩打穩紮地把等級提升上去，大概再升了兩小時後，他們就互相交換名片，各自登出。

回到家中，江河拿出廚櫃內的拉麵，開了一爐熱水把麵條弄熟。

客廳電視正在播放新聞，「警方現正通緝一名中國籍男子……」

趕過怪人攻擊事件後，警方現正追緝伊賀，不過他們的資料很少，連他的國籍都弄錯，很符合他們「凡事斷估」的處事方式。

在江河準備沐浴時，電腦桌上的黑色小盒子竟然震動起來，他拿起盒子，一個3D投影就在盒子上出現，是伊賀。

「江河。」投影道。

「係你？」

「半個鐘之後去旺角東站，我會去接你。」

江河皺著眉，右手按著太陽穴，「點解我要去？」

伊賀臉掛微笑，「如果你唔嚟，你就會失去對你嚟講好重要嘅人。」

在江河的腦海中閃過慧怡和父母的樣子，「你咁講係咩嘢意思？」

「就係字面嘅意思。」

江河心中搖擺不定，當他想到他所珍愛的人可能會有危險，不可能再待在家中。「好，我去。」

伊賀滿意地點了點頭，投影隨即消失。

江河把盒子放到背包再跟慧怡發個短訊，告訴她今晚沒有空玩九域。

江河站在家門前，掌心開始冒汗，他清楚記得伊賀殺死怪人時的畫面，那些鮮血、那些驚呼，至今依然歷歷在目。

「呼……今次唔係打機。」江河把胸中濁氣呼出，拍拍臉頰，扭開大門啟程前往旺角東站。

旺角，不管白天還是黑夜，總是人山人海。身處旺角，你必須左穿右插，行李箱、易拉架、噪音大媽佔領著屬於港人的旺角，不，是屬於中國的旺角。

整個香港早已經不再屬於香港人。

「嗨。」

江河往後看去，原來伊賀早已站在他身後。

「你到底想點？」江河帶有怒意，死死地瞪著伊賀不放。

伊賀看著遠處，「你睇下依個地方。」

「吓？」

「人類真係好渺小。」

伊賀戴上一個惡鬼面罩，「佢哋就嚟出現。」

「乜嘢就嚟出現？佢哋即係邊個？」

「佢哋係你嘅第一個任務。」

伊賀的一字一句，江河皆摸不著頭腦。

「啊！救命呀！」

在旺角東站下方的馬路，有幾個人站在馬路中間堵住了車路，所有往來的車輛被他們攔住。這幾個人不斷攻擊停駛了的汽車，把多輛汽車弄得翻側，火光四周，還有汽車爆炸起來。

很快就有警笛聲由遠方趕至，幾輛衝鋒車相繼到達，全副武裝的警察從車上步出，架起盾牌，拔出警槍。

「前面嘅人聽住！請你哋馬上停止攻擊！」

那幾個人被警察叫喊聲所吸引，一同朝警方衝去，他們就像坦克，把攔路的汽車撞得往兩旁飛去。

「開槍！」

警察一起開槍，不少子彈打在幾個怪人身上，怪人們沒有放慢腳步，轉眼間就跑到警察身旁，徒手把他們撕成肉塊。

「呀！」這聲哀慟是怪人手中那半邊警察的遺言。

怪人抓了一個又一個，把警察們活生生撕成一塊塊血肉，隨意掉到一地。還未變成肉塊的警察見到同袍被殺，齊齊掉下裝備，一邊驚呼、一邊朝四方八面逃去，稍為跑慢一步就會被怪人撕碎。

血肉在街頭飛濺，斷肢散落一地。

天橋上，伊賀恍如旁觀者般，看著下方的警察慢慢變成肉碎。

「準備好未？」伊賀看著江河道。

「咩……準備咩啊？」江河驚醒，胃液在翻滾。

「準備好落去對付佢哋未？」

「對付佢哋？佢哋連子彈都唔驚，我一個普通人點應付到佢哋呀？」

伊賀脫去外衣，今次他穿了一套紅色的忍服，「可以，你可以做到。」

伊賀一手抓著江河的手臂，從天橋直接往馬路躍下，江河連尖叫都來不及就到達地面。

「呀！嚇死我了！」江河發狂尖叫。

「噓，你咁大聲想引晒佢哋過嚟？」伊賀拔出背上的忍刀，「佢哋就交晒比你，我會從旁指導，你唔使驚。」

「痴線㗎你？」江河轉身就跑，他可不想就這樣死在這裏。

「走？」伊賀一個踏步撲向江河，把他重重壓在馬路上。

「好痛！」江河的臉貼在馬路上道。

「你唔可以走。」

「唔走會死㗎！」

「就算死……你都唔可以走！！」伊賀抽起江河，提著他走向怪人。

「放開我呀！救命呀！」江河不停踢腳，盡力掙扎。

「去！」伊賀大喝一聲，把江河掉往眾怪人前。

根據習性，怪人會攻擊最為接近的人類，也就是江河。江河只懂得張口狂呼，雙腿因緊張而變得如石頭般僵硬，要跑也跑不動。

「吼！」三個狂人爭先恐後地撲往江河，江河坐在地上，手往後抓，單靠臂力往後方爬去。怪人們面目猙獰，江河自知死期將至，心中驚慌萬分，那份源自生物層面的恐懼，慢慢佔領了江河的身體。

「我唔想死。」

「我唔想死……」

「我仲要救阿爸、阿媽……」

「我仲要再見慧怡……」

江河感覺到身體內有一股神秘能量從心臟和腦部溢出，那股神秘力量衝往四肢百骸，通體舒暢的感覺充斥在他體內。江河右手搭在鑰匙串上，從鑰匙串退出那根劍狀鑰匙扣，神秘力量通過指尖流入鑰匙扣，一道虛幻劍影在他手上出現。

「依把係……幻劍？」

江河手中武器是鑰匙狀的「系統之物」，只要用「心之力」輸入其中就能發動它的真正能力——幻劍。幻劍是無形之劍，能夠斬殺一切有形及無形之物。

劍在手中，江河恍如置身於遊戲世界內，他覺得眼前的怪人不過是遊戲中的魔物，心中的驚恐如霧消散，不復存在。

「一擊入魂。」江河使出在遊戲中使用過百次千次的異能。

劍光現，血肉飛。

眼前三個怪人被劍光劃過，身體與雙腿分離，飛脫的身體在半空中拖出長長的血痕，仍站在地上的下半身噴出滔天血柱，內臟碎片散落。基於他們的怪異體質，縱然身體被分為兩半，仍能如喪屍般在地上蠕動。

「攻擊佢哋背脊嘅電路板。」伊賀在一旁道。

「電路板？」江河突然想起自己並不是在玩遊戲，他所斬開的亦不是遊戲數據產生出來的魔物，是活生生的人類。他稍一分神，幻劍瞬間消失，胸口一悶，嘩啦一聲吐了出來。

「嘔……」江河抱腹嘔吐。

伊賀無奈搖頭，右手一翻亮出三枚手裏劍，他隨意把手裏劍朝前方擲出，三枚手裏劍以不同速度、不同軌道刺入三位怪人後背的電路板。

「仲有四個。」

伊賀握著忍刀化作殘影，出現在四位怪人後方，四個怪人的胸口皆多了個通透的血洞，血液四濺，他們軟軟地趴在地上。

伊賀走到江河身旁，「依家只不過係開始。」

接下來幾天，江河都請了病假，沒有上課，也沒有進入九域。

幸運地，沒有人發現江河與旺角事件有關，最終警察以恐怖襲擊作為官方解釋，沒有再繼續調查。縱使有很多市民不相信旺角事件是恐怖份子所為，又有不少網絡短片記錄了當時的恐怖畫面，警方依然堅持著最開頭的說法——恐怖襲擊。

每當江河看到手中的劍狀鑰匙扣，就會記起當日的所有事，真實的血肉在眼前飛舞，以及透過幻劍感受到切割人肉的手感，一切一切都揮之不去。

自那天起，江河的手就抖震不停。

香港，某山頂。

縱然早已入秋，天氣仍舊酷熱，斜陽西下，山上人跡罕至。

「伊賀。」

「庖丁，你係第一個到。」

這位身穿白色襯衣、深灰及膝短褲的男人，就是齒輪兄弟會成員之一：解懷。解懷的能力使他得到了「庖丁」這個代號。

伊賀穿了一件黑色的背心，除了他的臉外，全身上下都是凹凸不平的疤痕，這些疤痕使他不管天氣有多熱都會穿上樽領長袖衣服，若不是今天會面地點沒有外人，他鐵定會保持平日的裝扮。

「奧格仲未嚟？」伊賀漫不經心地問道。

庖丁輕嘆一口氣，「奧格可能去咗搵佢老豆。」

「嗯，一早叫咗佢唔好咁多事……呼，今次只有我哋三個人嚟到依個世界。」

「係。」庖丁的眼神中，滲出一絲莫名的哀傷。

伊賀張開雙手，看著掌心，「我哋今次嘅任務就係喺江河未踏入『半神階』之前，要確保外星人唔可以破壞地球。」

「佢哋今次用咗咩嘢方法入侵？」

「都係嗰招，五維空間異位重疊。」

「咁點解我哋唔用『復位裝置』中斷佢哋嘅連接？」

「『先生』話唔可以用住，佢話依個係考驗一部份。」

「考驗？考驗我哋定係江河？」庖丁抱胸問道。

伊賀握緊拳頭，「唔清楚，亦都唔需要知道，我哋只需要完成任務。」

「係。」

「我會將地球上所有外星人殺死，而你就負責防止外星人進入太陽系，我已經聯絡咗節能集團為你提供配備咗空間跳躍能力嘅宇宙母艦。」

庖丁扭動肩膀，笑道：「冇問題。」

同一時間，江河的家。

江河已經維持著這個動作大半天，他就這樣坐在床邊，雙手按著額頭，一動不動。

「我唔可以再係咁……」

他突然想通，想通了伊賀口中「失去重要的人」是甚麼意思，那群怪人只是剛開始發動襲擊，要是他沒法得到保護別人的力量，在不久的將來也許就會親眼目擊珍重的人在自己面前被怪人殺死。

他垂低手，觸碰鑰匙扣的劍柄，嘗試使用那種神秘力量，只可惜以失敗告終。

「我要學識操控佢，我要變得更強。」江河坐起身道。

江河心中暗想，要是他掌握了劍狀鑰匙扣的使用方法，除了可以保護別人，也增加了與節能集團對抗的力量。

翌日，他如常上學。

小息時間，慧怡匆忙地走到江河身邊，「喂，你冇事啊嘛？」

江河搖頭，「我無事，只係感冒啫。」

「感冒？咁你好返未？」

「唔好返又點會返學？」

「哦……咁你今晚休息下啦，唔好打機住啦！」

「係。」

得到慧怡的慰問，江河心裏暖烘烘的，心跳漸漸加快。

慧怡皺著眉，伸手按在江河的額上，「嘩，咁熱嘅你個額頭，你係唔係仲燒緊呀？」

「唔係！」

「我帶你落去醫療室啦！」

「唔使，我冇事呀！」

「唔好死頂喎你。」慧怡撐著腰，瞪著江河道。

「我有死頂。」

「哼，咁由你啦！」

去理
路
之
迷宮
CHAPTER 03
ROUND 01

3.1

又到了星期五，假日前的晚上。

基於大部份人明天都不用上班、上學，九域內的玩家人數會大大增加，情況會持續到深夜，甚至清晨。一些城鎮中心更會把握機會舉辦各類活動，吸引玩家在城中消費，從而賺取豐厚利潤。

江河約了慧怡在彩虹樹洞升等，不過一直也見不到她。

沈浪熙碰巧來到樹洞升等，他看見江河站在洞口旁，於是過去打打招呼。

「江河？很久沒見，你們去哪了？」沈浪熙問道。

「很久沒見。我病了一星期，所以沒有登入遊戲。」

沈浪熙瞪大眼睛，掩著嘴巴問：「那麼嚴重？你痊癒了沒？」

「有心，已經康復。」

「那就好了，要一起升等嗎？」

「我約了Tracy，要先跟她會合。」

「好吧，如果你想一起升等就跟我通訊吧！」

「一定。」

沈浪熙跟江河揮手道別，自己走進彩虹樹洞。

人來人往，江河看著時間一分一秒過去，已經超過了約定時間半小時有多，正當他準備登出回去現實世界找慧怡時，慧怡就在他眼前出現。

「Tracy！」

「對不起，你等了我很久吧？」

江河搖頭，「你有事要辦？」

「不，只是遇到點意外。」

「意外？」

「我的夢之橋壞了，所以跑去買了一個新的。」

「原來如此。」

「我們走吧。」Tracy道。

「要不要跟沈浪熙組隊？」

「不用，我想跟你去八樓升等。」

「就我們二人？可以嗎？」

「可以，比較辛苦而已，不過能夠訓練你實戰能力。」

「好，那麼我們就上八樓吧！」

彩虹樹洞八樓，這一層內只有一種魔物——彩虹巨人，他們數量不多，沒有群攻的習慣，很適合一至兩人隊伍升等。

剛進入第八層，江河已經看到好幾隻彩虹巨人在不遠處漫無目的地行走。

「他們……很高大。」江河吞吞唾液道。

Tracy握著鋼珠，「你把其中一頭引過來，我會在這裏狙擊。」

「好。」

魔物名稱：彩虹巨人
等　　級：21
種　　族：巨人
屬　　性：金
描　　述：彩虹樹洞獨有的巨人，性格溫順，不會主動攻擊別人。他們身體披上了一層彩色金屬，防禦力驚人，金屬的重量令到他速度減慢，不能奔跑。
特　　性：被動、厚皮、堅定

江河調整呼吸，站在巨人腳下。

「喝！」黃金劍斜挑過去，砍在巨人左腳上，一陣尖銳的金屬摩擦聲響徹雲霄，還好其他巨人沒有被巨響所吸引。

彩虹巨人痛得仰天大喊，一手朝江河拍下，江河瞬間把長劍收進腰包，往身後急退，躲開了巨人的掌擊。江河朝Tracy跑去，把彩虹巨人引入Tracy的攻擊範圍。計劃成功後，江河重新喚出黃金劍，不過這次他是用左手握劍。

「疾風劍氣！」

黃金劍劍身捲起一陣疾風，江河感到身體變得輕盈，他以速度上的優勢遊走在巨人腳下，看準時機揮劍而出。雖然左手劍攻擊力很低，不過他只需要把巨人吸引在身旁，製造機會給Tracy，讓她使用異能把巨人幹掉。

「喝！」叮叮噹噹之聲不絕於耳，江河如入無人之境，在巨人腳下持劍飛舞，金光與江河融為一體，他的速度越變越快。

火焰鋼珠把握機會如雨撒下，不斷轟在巨人身上，在Tracy的猛攻下，巨人的血條眨眼間只剩下五分之一，仇恨連結在這關頭出現。

「Tracy！」

巨人一手掃開江河，朝Tracy大步踏去，江河穩住身體，雙眼中爆發出驚人鬥志，在疾風劍氣的加乘下，他很快就追上巨人。

「烈焰劍氣！」

疾風消失，烈焰代之，火舌在江河的引領下纏上巨人，由他腳部捲上，片刻間就把巨人燃燒起來。

巨人無視火焰，繼續大步而上。

江河把劍換到右手，隨即使用一擊入魂。

「給我去死！」

「叮！叮！叮！叮！」一擊入魂連發，只要巨人不倒下江河就不會停止。

「去死！」

巨人的血條被不斷削減，腿上的傷痕漸多，表面的金屬塗層在江河的猛攻下開始剝落，露出了真正的表皮。黃金劍砍入巨人右腳，巨人的生命條終於耗盡，化作光點消散。

江河右手麻痺，黃金劍脫手掉下，肌肉的酸軟一下子湧出，痛得他伏在地上大口喘氣。

「江河！你幹嘛勉強自己？」

「我要牽制他……呼呼……」

「笨蛋，他的血量只剩下一點點，就算他真的走到過來，我發動套裝技能逃去不就行了嗎？」

江河坐在地上，臉掛笑容。

江河回復體力後，繼續和Tracy升等，雖然過程很辛苦，不過二人總算能夠一個接一個地把巨人幹掉，等級慢慢提升。

「一擊入魂！」

巨人慢慢消散，江河在光點中出現。

「我升到三十等了。」江河道。

「那麼可以離開了，」Tracy握著江河的手，「別動。」

江河的心噗通噗通的跳動，就連呼吸都不敢太大聲。

Tracy手中亮出一枚晶石，她把晶石朝地上擲出，晶石碰地即碎，從碎片中有藍光溢出，江河感到雙眼一痛，當他再次張開眼時已身處在彩虹樹洞入口。

「我們先回去法里路城，再前往霜凍山脈。」

所有事情都很順利，順利升上三十等，順利回到法里路城，然而，暴風雨前夕總是風平浪靜。

霜凍山脈外，Tracy放置了兩個帳篷。

「我們明天就去找迷宮入口。」

「沒問題，呵欠……晚安了。」

「晚安。」

九域遊戲世界，異能域，法里路城。

城主城堡裏有大量兵馬在大殿內列隊，是城主從外地召集回來的兵馬。法里路城城主——戴倫斯，坐在皇座上看著腳下的兵馬。

「你們應該都知道了，那把短劍已經被人盜去。」

眾人默不作聲。

「能夠從城堡中盜取我的道具而沒有被任何人發現，在整個異能域中，能夠做到的人不多。」

戴倫斯站起身，附近的氣溫驟降，「經過我的調查，偷走半截短劍的人應該是萬事樓職員。」

「城主大人，你的意思是……」

「有人知道半截短劍的秘密，所以僱用了萬事樓來盜取另一截短劍，他很有可能已經擁有了兩件半截短劍。」

戴倫斯握拳擊在皇座，皇座剎那間變成一具冰雕，「我要查出短劍在誰人手中！」

「城主大人，你大可以找萬事樓幫忙。」

「試過了，他們要我付出法里路城作為代價，這個代價太大。」

「這……」

要是戴倫斯知道短劍的真正價值，他一定會答應萬事樓的交易，只可惜，發生了的事就是發生了，這個世界上沒有後悔藥可以吃，一場足以影響法里路城格局的大戰即將展開。

江河二人在霜凍山脈下登入，今天足足有一整天時間給他們破解迷宮。江河取出合二為一的法里路短劍，看看有沒有甚麼機關秘道要使用它來觸發。

「你有沒有感覺到異樣？」Tracy問道。

江河握著短劍，搖頭道：「沒有特別。」

「那麼我們在附近走走。」

一般來說，除了一些要透過道具或事件觸發才出現的迷宮外，迷宮入口都是公開的，而法里路迷宮好明顯正是前者，而所需要的道具就是江河手中的法里路短劍。按照常理推斷，只要握著短劍去到相應位置，短劍主人就會感覺到入口所在，甚至直接進入迷宮之內。

「去那邊！」江河道。

Tracy怕江河會突然被吸進迷宮，所以一直握著江河的手不敢鬆開。對此，江河欣喜萬分，雖然只是在遊戲世界內牽手，但是已教他激動不已。

當江河接近某顆山腳邊的巨石時，巨石上有一道裂縫慢慢浮現，裂縫越來越大，迷宮入口終於在他們眼前出現。

江河先進入迷宮，握著夜明珠以作照明。「小心，路有點滑。」

迷宮地面布滿青苔，稍有不慎就會滑倒，不過以二人的反應，小小的青苔路無阻他們的前進速度。

大約五分鐘後，他們去到一個四四方方的房間，房間以磚塊砌成，沒有任何裝飾品。

「要是我還有真實藥水就不用那麼煩。」Tracy皺眉道。

江河無奈一笑，「沒辦法……不過，解謎也是遊戲的一部份，我們要享受遊戲。」

「享受遊戲嗎？」

江河用短劍劍柄輕敲每片磚塊，不管是地板或是天花板他都不會放過。

敲到最後一塊磚頭，江河聳肩道：「啊……沒有分別。」

Tracy低頭沉思。

江河拿出黃金劍，對準磚牆使用一擊入魂。

「噹！」

江河感到虎口生痛，磚牆卻完好無缺，就連劍痕都沒有留下半條。

「別浪費氣力，迷宮是不可以破壞的。」

Tracy伸出右手，「把短劍交給我。」

短劍在手，Tracy沒有跟江河一樣敲動磚牆，反而閉目站立，一動不動。她突然往左前方踏出一步，然後又回到原處，之後往右方踏出一步，再回到原處。

Tracy張開眼，「站在我身後。」

她輕撫前方磚牆，一手把短劍插入某兩塊磚塊的中間接合點，當短劍劍刃完全插入石牆後，磚塊們就開始轉動，變出一個足以讓人穿過的拱門。

「厲害！你是怎做到的？」

Tracy神色變得有點慌張，「別問，先對付牠！」

一隻長有三個頭的黑色巨犬正在齜牙咧嘴，單是牠的嘴巴就足以把江河直接吞下，三頭犬狠瞪二人，右前腿伸出爪子，蠢蠢欲動。

魔物名稱：地獄三頭犬
等　　級：47
種　　族：魔族
屬　　性：暗
描　　述：冥界的守門人，長有三個頭的巨大犬隻。牠不會讓任何亡靈離開冥界，更不會讓任何生靈進出冥界。只要有牠在執行看守任務，任何人都不能夠越過雷池半步。
特　　性：主動、毒液、鎮守

江河右手握著一把綠色長劍，是他從**X-men**公會遺物中取得的「綠蹤劍」。

道具名稱：綠蹤劍
分　　類：武器——單手劍
評　　級：珍貴
解　　說：綠蹤劍由劍身至劍柄都是墨綠色的，由一種綠色金屬鍛造而成，它重量很輕，可以輕易做出很多講求靈敏度的動作。

配帶等級：30

價　　值：$120,000

Tracy放輕聲線，「牠的等級比我們高上一籌，不要妄動。」

「不過，牠擋住了唯一的去路。」江河緊握長劍道。

三頭犬身後是一個通道入口，應該就是前往寶箱的通道，只可惜牠用龐大的身軀把通道封死。

「他還沒有發動攻擊，或許是設定了以『防止別人入侵』為首要任務。」Tracy抓著一把鋼珠道。

江河的呼吸變重，掌心汗水瘋湧流出，嘴唇變得乾涸。他知道要繼續前進就要殺死三頭犬，以他的實力和細小空間的限制，要殺三頭犬實屬不可能之舉。

「我們要得到寶物，就要殺了牠。」江河道。

Tracy沒有回應，她在思考一切的可行方法。

「不用想了。」江河重心移下，身往前傾，微微蹲下，「掩護我。」

江河儲力於腿用力一蹬，如子彈撲出，利用往前的衝擊力使出一擊入魂。

當江河對三頭犬產生敵意的瞬間，三頭犬中間的狗頭馬上張開血盤大口，用比起江河還要快的速度噬去。江河驚見三頭犬異動，在半空硬改攻擊路線，腳在碰到地面時往右方一撐，及時做了個九十度的轉向。

三頭犬一咬落空，左邊的腦袋隨即補上，江河腳還未著地就要面對三頭犬第二記咬噬。江河現在已經無路可退，既然如此只好硬接攻擊，他連環使出一擊入魂，綠蹤劍幻化成兩道青光，一道十字劍光轟往三頭犬。

三頭犬不把劍光放在眼內，牠的左邊狗頭照樣往前咬去，劍光筆直地擊牠的臉上，可是劍光只能削去幾根毛髮，沒有造成實際傷害。

按照這個情況，江河的死已是無可逆轉。

江河並不是那麼輕易就放棄的人，否則他就不會跟節能集團糾纏了那麼久，他的左手慢慢做出一個怪異動作，準備使出自己「創造」的秘密技能。

火光閃過，惡犬悲鳴。

Tracy在危急關頭擲出一式威力強大，直擊三頭犬弱點的「火焰投擲」，鋼珠射進三頭犬的其中一隻眼睛。

三頭犬痛極怒吼，一掌把江河抽飛，江河如斷線風箏般倒飛而去，重重地撞在石牆，與此同時，三頭犬一個起跳就在Tracy頭上壓下，Tracy雙手一撒，上百枚拖著火焰尾巴的鋼珠朝牠腹部射去，牠的腹部可沒有堅韌的外皮保護，不過牠寧願受傷也要殺掉眼前人類。

江河使用疾風劍氣，以高速在三頭犬的身下掠過，一手提起Tracy，再往後方的通道全速奔去。

三頭犬知道江河的陰謀，不過在半空中牠可沒有方法轉向，待牠的前足剛接觸到地面那刻，牠馬上轉身追向江河二人。

江河右手一推，先把Tracy送入通道，通道的大小比起三頭犬要小得多，只要能夠入到通道，就能逃過一劫，因為三頭犬礙於龐大身體，不能夠走入通道追殺他們。

「黃土劍氣！」

碎石包圍江河旋轉，防禦力瞬間提升，他用左手握著長劍，身體往前微彎，做好了被三頭犬攻擊的準備。

三頭犬三頭齊出，三個血盆大口發狂般不斷咬合，江河見到如此詭異的景象就知道三頭犬已經完全失去理性，他馬上改變策略，使用疾風劍氣加速往身後通道跑去。

發狂中的三頭犬難阻加速了的江河，輕易讓他閃進通道內，三頭犬只好在通道外吠叫幾聲，然後慢慢伏下，繼續看守著通道，不讓二人從通道逃出。

「謝謝你。」**Tracy**道。

「別客氣，我們是隊友。」

避開了三頭犬後，他們再走了近半小時，去到一個類似神殿的空間，在神殿中間安放了一座巨大神像。巨大神像擁有三頭六臂，以前方雙手合十、後方四手張開的姿態站立。

「看看附近有沒有暗道機關。」**Tracy**已在那邊搜索。

江河點頭，他們二人兵分兩路，到神殿各處檢查。

除了那座巨大神像外，神殿內就只有四條分別豎立在四邊角落的巨柱，除此之外空無一物。

江河拿著法里路短劍，在牆邊仔細研究，奈何沒有任何頭緒。

「Tracy，你那邊怎樣？」

「呼……沒有，甚麼都沒有。」

突然，巨大神像劇烈震動，神像的腳緩緩拔出，他只是輕輕踏出一步，就讓江河二人整個人往上彈了一跳。

魔物名稱：修羅神像
等　　級：50
種　　族：石像
屬　　性：光
描　　述：由阿修羅一族親手製造的修羅神像，在製造的過程中滲入了神力，使神像能夠擁有一定靈性。
特　　性：被動、三頭六臂

「修羅神像！？他竟然是魔物！」江河不能相信一直在他們身邊的石像竟然是高達五十等的魔物。

雖然江河到達三十等的門檻，但是他沒有換掉狂犬套裝，反而補上另一套頭盔和手套的套裝——

風狼頭盔、風狼手套。風狼套裝的附加技能為被動技能——「風中流動」，會因應風（空氣流動）的強度而增強使用者的攻擊力。

江河取出綠蹤劍，不顧自身安危使出疾風劍氣，他只想以最快的速度去到Tracy身邊。

「入……侵……者……死……」修羅神像手中出現不同法器，它一心二用，分別用法器朝二人敲下。

江河死瞪著法器的攻擊軌道，盡可能把速度提升，他要變得更快，比修羅神像還要快。

「不！」江河咆哮。

修羅神像的速度始終比江河要略勝一籌，還好他的攻擊目標並不是針對江河或是Tracy，而是他們的立足之地。修羅神像威力巨大，比精鋼還要堅硬的地板在法器面前竟然變得如蛋殼般脆弱，輕易就被敲得整塊碎掉。

「Tracy！」失去立足點，江河往下方墜下，在半空中沒有著力點，就算他想像掉進古井迷宮時把劍插進井壁減速都做不到，他只好盡量穩住身體，只希望不要就這樣跌死。

江河沒有因為墜下而受傷，反而平平穩穩的降落在地面上。

「Tracy！」江河大喊。

他身處在一個黑暗空間，看來Tracy並不在他身旁，他先取出夜明珠照明，再揮手喚出訊息視窗，當他想以短訊跟Tracy聯絡時才發現這裏是「無法通訊空間」。

「看來這個迷宮是需要挑戰者單獨面對接下來的關卡。」若果真如此，那麼Tracy就暫時不會有問題，江河要做的就是繼續把迷宮完成。

在夜明珠的幫助下江河終於看到附近的東西，他前方是一個深淵，他慢慢走到崖邊，看著深不見底的深淵。

「到底有多深？」

深淵上有一條獨木橋，橋下是漆黑一片的深淵，連夜明珠都無法把橋下深淵照亮。江河只剩下這條路可以用，他把注意力集中在前方，因為他知道只要往橋下看，他就不會再有勇氣往前走。

踏出一步，心無雜念，再踏一步，繼續往前走。

「呼，終於到了。」江河走過獨木橋去到對岸，等待他的是三具骨頭魔物。

魔物名稱：骨頭人
等　　級：28
種　　族：魔獸
屬　　性：暗
描　　述：因各種原因而得到活動能力的骨頭，死靈法師與他們有著密不可分的關係。
特　　性：主動、重組

骨頭人用空洞的眼看著江河，不，他們根本沒有眼睛，只有兩個空空如也的眼窩。骨頭人慢步走近，每踏出一步都會發出「格格」聲的骨頭碰撞聲。江河感覺到他們抱有敵意，要先下手了結他們。

雖然江河在等級上有優勢，但是要以一對三還是有點勉強。他右手握劍，正所謂進攻就是最佳的防守，他先攻往前方的骨頭人。

骨頭人右手舉起，以右前臂骨擋下綠蹤劍，骨頭又怎可能受得了使用綠蹤劍發動的一擊入魂？骨頭人前臂骨應劍折斷，接下來發生一幕怪異情景，骨頭人左手抓著斷掉的骨頭，以斷骨作為武器，直刺江河臉門。

難料骨頭人的古怪之舉，江河頓時收劍後退，否則臉上就要多道傷口。

「好險！」江河換上左手握劍，一式疾風劍氣瞬間發動。在風狼套裝的「風中流動」效果增益下，江河的攻擊力提升。

江河如魚得水，在三個骨頭人中左右穿插，如入無人之境，縱然他的左手劍威力微弱，有了風中流動的加乘，也能夠對骨頭人造成一定傷害。

「喝！」

綠蹤劍出綠光現，一道劍光把骨滅。

骨頭人在無情劍影下化作三堆枯骨，江河準備收劍之時，枯骨堆再有異樣，重新組成三個骨頭人。

「這就是他們的『重組』技能？」

具備重組技能的魔物都很難纏，如沒有特別異能，要消滅他們可要花上大量時間，而且還不一定會成功。

「既然如此……那麼就用這招！」

要對付不斷重生的魔物，就讓他一直損血吧！

「烈焰劍氣！」火焰纏劍而生，火光映照在骨頭身上，在他們身後拖出搖曳鬼影。

江河一個踏步從某骨頭人的右側切入，左手長劍以最短的距離刺去，長劍直指胸骨，骨頭人胸骨斷裂，火焰引到骨頭上，幾秒之內就漫延到全身。

如是者，江河照辦煮碗把其餘二頭骨頭人點燃。

完成一系列的連擊後，江河收劍後躍，任由三頭骨頭人燃燒、重組、燃燒……

大約三分鐘後，三頭骨頭人終於不能夠重組，真真正正的死絕。

「呼，真是難纏，要不是我有烈焰劍氣恐怕就會被它們活活耗死。」

解決了三頭骨頭人，他繼續往前移動。

江河只能夠一直往前走，偶爾遇上一兩頭攔路的骨頭人，他就重施故技把骨頭人擊殺。沒有地圖、沒有情報，江河只能腳踏實地往前走。

「不知道Tracy現在怎樣呢？」

大約半小時後，江河去到一對大門前。大門表面有一層淡紅色的鐵鏽跡，他嘗試推門，發現門很沉重。

「試試斬開它。」

江河右手拿著綠蹤劍，一擊入魂猛然擊出。

「咚！」

長劍脫手，江河用左手抓著右手虎口，「斬不開……」

另一邊廂，**Tracy**已經到達迷宮的盡頭，那間被封印的房間。

「人類，你死定了。」

任江河如何用力都推不開眼前的沉重鐵門，用劍又斬不破，沒有應對之策。就在江河準備拿出法里路短劍時，他心中泛起一陣不安情緒，好像有些事情將要發生。

「難道是Tracy？」

那份不安使江河焦急得很，他拿出法里路短劍，他相信短劍一定能夠幫他找到打開鐵門的方法。他的直覺沒有錯，當他取出短劍一刻，前方大門就隆隆作響，自動打開。

好明顯，法里路短劍是觸發開門的其中一個方法。

鐵門打開，門後是一個金碧輝煌的大殿。大殿並不是四四方方，而一個大圓形，正中心位置是一條巨大石柱，大約佔了殿內三分之二的面積，換句話說，這個大殿比較像一條圓形的跑道。

對面傳來激烈的打鬥聲，江河小心翼翼的往那邊走去。

「人類，實力不錯，不過依然不會是我的對手。」一套銀白鎧甲在半空飄浮，它握着一把雙手巨劍猛攻眼前少女。

銀白鎧甲之內沒有任何東西，或許有，不過沒有人看得到。

魔物名稱：銀白鎧甲（Boss）
等　　級：60
種　　族：執念
屬　　性：念
描　　述：某位強者長年使用的隨身鎧甲，鎧甲多年來受到強者的力量浸淫，從而產生了少許靈性。
特　　性：主動、守護、重組

「Tracy！」

江河一眼就認出被鎧甲攻擊的少女正是Tracy，他發動疾風劍氣往前方狂奔而去。

「住手！」江河左手劍筆直刺出，他鎖緊手腕筆直的對準敵人，以刺擊來把疾風劍氣的攻擊力最大化。

「叮。」綠蹤劍被鎧甲擋開，江河與鎧甲魔物擦身而過，停在Tracy身前。

「你沒事吧？」江河戒備著銀白鎧甲。

「沒有事，你要小心，他的技能不易應付。」

江河換成右手握劍，「依舊，我牽制，你殺敵。」

Tracy皺起眉，抓著江河的肩膀，「你牽制不了它。」

「不，我可以（就算死我也要牽制它）。」

銀鎧沒有主動發起攻擊，它在等待江河。

江河深深吸一口氣，眼神變得銳利，「我上了。」

江河躍步而出，閃身到銀鎧身前，用綠蹤劍發動一擊入魂。綠蹤劍劍光劃過，銀鎧沒有防禦、沒有閃避，任由劍光擊在鎧甲上，因為它知道江河是不可能傷害到他的身體——鎧甲。

「叮。」

「好堅硬！」一擊不成，江河再發動一擊入魂。

「叮、叮、叮……」

銀鎧沒有移動，恍如一具石像。

「就是這樣？」

銀鎧雙手握著十字巨劍，朝江河頭上一劍劈下，江河使用疾風劍氣加速迴避。十字巨劍的重量加上銀鎧的力度，掀起了一道風壓，在風壓之中，江河憑著風狼套裝技能反而得到攻擊力加乘，他頓時發動一擊入魂，狠刺往銀鎧的頭盔。

密集的火焰鋼珠從後而至，為江河作出掩護。

火光、劍光在圓型大殿內閃過不停，在牆壁上投射出道道鬼影。

江河緊握綠蹤劍，一劍刺去。

銀鎧索性連劍也不用，直接用左手腕甲擊飛江河。江河在半空中翻轉兩圈，腳掌踏在牆壁上再次躍出，他在半空中拖中一條綠色劍影，筆直的刺往銀鎧臉門。

「你比蒼蠅還要煩人。」銀鎧左手平舉，白色閃電從掌心射出，擊在江河身上。

江河感到眼前一黑，全身痲痺僵硬，從半空墜落地面，被電得捲曲身體，一動不動。

「江河！」Tracy跑到江河身邊。

「別忘記還有我。」銀鎧提劍劈下，單是它提劍的力度已足夠掀起可怕風壓，Tracy在強風下穩住身體，看準機會擲出一枚逆風而上的鋼珠。

「小把戲。」銀鎧左手一揮，鋼珠就被拍落，與此同時，它右手的雙手巨劍已如錘落下，直擊Tracy。

Tracy大可以使用套裝技能避開銀鎧殺著，不過受傷倒地的江河一定會死在雙手巨劍下。

「罷了，反正沒有其他人。」Tracy左手握成一個結印，那是她預設取出武器的動作，一把通體赤紅的短刀在她左手出現。

「異能發動：焰刀一閃。」Tracy握著刀柄，左手往後拉弓，右腳踏前一步，狠狠地把短刀脫手擲出。

短刀沒有如「火焰投擲」的鋼珠般燃燒起來，只像普通飛刀飛向銀鎧。銀鎧無視飛刀，繼續把雙手巨劍從高處壓下，然而飛刀比它還要快，直刺在它的胸甲上。

「吱。」赤紅短刀輕易切入銀鎧體內。

「怎可能！？」

然而讓銀鎧驚訝的事還沒有結束，在它體內的赤紅短刀開始產生高溫，然後爆炸，爆炸威力極大，要不是爆炸源在銀鎧體內，江河二人鐵定會受到牽連。銀鎧被體內爆炸所破壞，炸得肢離破碎，從它體內飛出的短刀，在Tracy牽引下返回手中。

Tracy回到江河身旁拿出治療麻痺的草藥，硬塞進江河口中。草藥接觸到舌頭，江河感到一陣冰涼，麻痺狀態隨之而解除。

「謝謝……」江河道。

Tracy搖頭問：「你可以活動嗎？」

「可以了。」

「小心，那魔物還沒有掛掉。」Tracy道。

爆開的銀鎧被神秘力量牽引，在半空再次重組，回復銀白鎧甲本體。「人類，你的技能很厲害，不過我並不是那麼易應付。」

江河深深呼吸，身體的麻痺感在藥草幫助下已經消失，他剛才雖然陷入麻痺狀態，但是仍然知道Tracy使出了「焰刀一閃」這種威力恐怖的異能。他知道Tracy一直都沒有用過這個異能，她不是為了隱藏實力，而是想隱藏身份，也許只要她在外頭使出焰刀一閃，就會被之前的仇家發現。

也就是說，「焰刀一閃」應該在異能域中有一定名氣，而且還能夠代表Tracy上一個角色的身份。

「可惡的人類……」

江河握著長劍，眼望銀鎧，「Tracy，我上了。」

「別勉強，我多用幾式焰刀一閃便行。」

「不，你的手已經在顫抖。」江河留意到Tracy左手正在顫抖，他猜測Tracy的能力或許有很嚴重的副作用，要是她再使用的話，會對身體帶來重大傷害。

雖然這裏只是遊戲世界，而Tracy亦沒有使用實感系統，不過江河就是不想Tracy受傷。

不管現實，還是遊戲，他都不會讓Tracy受傷。

江河以身作盾，站在銀鎧與Tracy中間。

「小子，閃邊涼快去！」銀鎧雙手抓著雙手巨劍，橫向掃來。江河使用疾風劍氣，加速跳起，在巨劍上方躍過。

「活蹦亂跳的小子，活像一隻老鼠。」

江河本想把握機會攻擊銀鎧，卻發現銀鎧連半個弱點都沒有，就算費力攻去，也鐵定會被它擋下，更會顯露出自身弱點。

Tracy一直使用火焰投擲掩護江河，不過異能效果很差，九成以上的鋼珠都被鎧甲擋格掉。

要是戰鬥再拖下去，使用實感系統的江河絕對不能堅持到最後。

「呼……好累。」江河沉聲道。

他感到四肢酸軟，肌肉疼痛，大腿、小腿肌肉好像正在溶解。

「一擊入……」江河雙腳一軟，跪在地上。

「江河！」

Tracy喚出飛刀，她用右手發動「焰刀一閃」。

銀鎧親身嘗試過這招異能的威力，頓時作出迴避，不過焰刀一閃怎會那麼容易躲開？縱然銀鎧已往一旁撲出，赤紅短刀依然刺中銀鎧，成功進入它體內。

「可惡！」短刀在銀鎧體內爆炸，可憐的銀鎧再次被炸得四分五裂。

江河體力透支，跪在地上呼呼喘氣。

「我們先撤退。」Tracy道。

江河站起來，用長劍支撐身體，「走？走不了。」

銀鎧重組完成，經過兩次被「殺」，它的怒意如火山爆發，只想把眼前人類通通殺掉。

銀鎧用雙手巨劍亂斬亂劈，單是掀起的風壓已讓二人東歪西倒。江河把劍插在地上穩住身體，至於Tracy則把重心盡量壓下，瞪著銀鎧不放。

江河體力本已耗盡，在風壓之下難以堅持，被吹得往後倒飛，重重地撞在牆上。

銀鎧已走到Tracy身前，它先一腳踏下，Tracy咬緊牙關往一旁翻滾，銀鎧彷彿早已預料到Tracy的動作，雙手巨劍早已朝那邊劈下。

「Tracy……」江河全身疼得不能動彈，生命條只剩下20%。

Tracy每次發動焰刀一閃，都會令到一隻手失去活動能力，既然她已經使用了兩次異能，在十五分鐘之內她的一對手都不能夠活動。

雙手巨劍快將劈來，Tracy發動套裝技能，燃燒10%最大生命值換取瞬間加速，她跑到江河身邊。

「我們先行撤退！」

「我動不了……」

「我揹你走！」Tracy把江河的左手搭過肩膀，撐起江河往鐵門跑去。

「別逃！」銀鎧速度比不上現在的Tracy，不過它的劍除了揮動之外還可以用來投擲。

Tracy感覺到背後傳來的威壓，頓時把江河推走。

雙手巨劍擊中Tracy，Tracy用赤紅短刀擋下巨劍，再加上胸甲的防禦力才沒有被銀鎧一擊幹掉，不過她的生命值只剩下不足40%，而且陷入了昏迷狀態。

「Tracy……」江河拼命爬起，左搖右擺地往Tracy走去。「魔物！別傷害她！」

銀鎧看著江河，甚為不屑道：「你想當英雄？那麼就如你所願，先殺死你！」

「死？就算要死，我也不會讓你好過！技能『狂犬化』發動！」江河雙眼變得血紅，全身上下皆散發出濃厚殺意，除了右手的綠蹤劍外，左手還拿著黃金劍。

「吼！」江河躍身飛起，立刻施展一擊入魂。

銀鎧伸出右手，硬生生擋下攻擊，可是受不住衝擊力往後退了一步。江河左手劍身纏上一陣疾風，他的速度大大提升，同時攻擊力亦大幅提升，在速度和攻擊力加乘下，江河再次使用一擊入魂。

「沒有思想的野獸又怎可能是我的對手？」

綠色劍光與銀鎧的雙手巨劍相碰，兩者勢均力敵，就在此時，江河左手黃金劍燃燒起來，以烈焰劍氣效果斬在銀鎧身上。

烈焰纏上銀鎧，不過沒有漫延開去。

「哼，雕蟲小技。」

江河換上疾風劍氣，右手同時使用一擊入魂。銀鎧依舊擋下，不過這次他退後了兩步。江河在狂犬化狀態下發瘋般攻擊，銀鎧在江河的猛攻下竟然開始出現敗勢。

「就讓我看看你的技能可以持續多久！」銀鎧採取堅守戰術，它知道江河實力突然暴增只不過是憑著技能效果，只要技能效果中止就可以把江河殺掉。

江河在猛攻途中突然仰天長嘯一聲，左手黃金劍朝後方甩出，往Tracy的方向擲出。

「你瘋了？竟然攻擊自己隊友。」黃金劍的目標並不是Tracy，而是她身旁的地板，黃金劍插入地板，劍身隨即冒起水珠，水珠化作絲絲白霧，往Tracy體內鑽進去。

狂犬化中的江河竟然懂得用青水劍氣為Tracy治療，狂犬化會奪去使用者的理性，根本不可能會使用戰術，唯一的解釋是「救Tracy」這個決定對他來說是一種本能，所以就算他只剩下野獸本能，還是懂得用劍氣來治療Tracy。

Tracy生命回復，慢慢回復知覺，她的一對手已經回復正常，再沒有感到脫力。

「江河！？你發動了狂犬化？」Tracy親眼見過不少玩家使用過類似「狂犬化」的技能，這類人的結局大都是慘淡的，技能會使他們身冒險境仍不懂收手，只能憑著本能一直撕殺，大大降低了玩家的存活率。這一種傷敵一千自損五百的做法，在沒有隊友支援的情況下無異於自殺。

能力始終有結束的一刻，發狂的江河突然靜止不動，他的生命只剩下不足2%。江河恢復理智，全身骨骼和肌肉疼痛不已，軟弱無力地倒臥在地。

銀鎧把握機會，一腳朝江河頭上踏去。

「住手！」**Tracy**擲出飛刀，銀鎧大驚後退。

Tracy臉上掛著一個惡作劇得手的笑容，把江河托在背上，朝鐵門跑去。

赤紅短刀輕易就被銀鎧擊下，不過短刀並沒有爆炸。

「臭丫頭！膽敢騙我？」當銀鎧發現**Tracy**只是隨意擲出短刀後，就知道她只是為了拖延時間，目的是帶同江河逃出大殿。

「想逃？不行！」

所有鐵門在銀鎧的控制下一同關上，除了它之外已經再沒有人可以開啟大門。

江河陷入昏迷狀態，在他的腦海世界內，他正在漆黑的宇宙中隨意飄浮，他不清楚自己從何而來，不清楚自己身在何方，更不知道將會去哪。

「這就是狂犬化後，玩家的意識空間？」江河感覺到全身輕盈，從戰鬥中所受的傷痛都已經消失。

「不知道出面怎樣呢？我應該還沒有死掉？」

任何人處於漆黑、寂靜的空間，都會開始胡思亂想，在江河的腦海中不斷出現父母、慧怡的樣子。

「慧怡……我要保護她，我不可以就這樣掛掉，我還要找到爸爸、媽媽……」

他看到一點閃光在漆黑中出現，閃光出現強大吸力，他就被閃光吸進去。

「很痛，全身的肌肉都很痛，痛得就像化開了。」江河就連指頭都控制不了，活像一塊等待被切割的生豬肉伏在地上。

Tracy托起江河，往鐵門跑去。

「Tracy……」江河出不了聲。

幾道鐵門一同關上，Tracy不得不止步。

「不是要逃嗎？」銀鎧緩步走近。

Tracy放下江河，左手現出一把赤紅短刀，「你身為魔物，未免太過囂張吧？」

「魔物……對了，這是你們人類對我們的稱呼。」銀鎧提起雙手巨劍，只用右手握著劍柄，左手張開，用掌心對準Tracy，白色閃電在掌心浮現，閃電慢慢凝聚成一個光球。

「白雷電漿。」光球應聲而出，以閃電疾走之勢轟往Tracy。

Tracy左手甩出飛刀，「焰刀一閃！」

赤紅短刀輕易劃破了光球朝銀鎧飛去，銀鎧左手仍在張開，來不及收起就被短刀刺入，飛刀一直前進，最後貫穿到銀鎧的肩膀位置。

「嘭！！」

銀鎧左肩爆炸，爆炸餘波席捲全身，把它炸成碎片。爆炸才剛發生，Tracy就往碎片奔去，右手一招，赤紅短刀就飛回掌心。

「一定在附近！它的核心一定在附近！」

所有「重組」技能都需要有「核心」才能發動，只要核心被毀或用盡能量，重組就不能夠再發動。

「找到了！」Tracy發現其中一片碎片散發出淡淡白光，那件碎片應該就是核心碎片。只可惜，Tracy還是慢了一步，銀鎧已經開始重組。

「哼！再來！」在銀鎧重組期間，Tracy使用右手發動焰刀一閃。

短刀刺入銀鎧核心，劇烈爆炸再次產生，只不過今次的爆炸源是位於銀鎧核心深處。爆炸威力集中於核心，只有少部份能量散失，就算是銀鎧也不可能受得了來自核心的破壞。

銀鎧終於死絕。

Tracy吐出一口鮮血，狀態列上多了幾個負面狀態，分別為「斷手（左）」、「斷手（右）」、「超載」、「出血」。Tracy的角色已經不能夠活動，同樣江河亦不能夠活動，二人只能夠臥在地上等待身體慢慢恢復。

「我現在動不了，只能夠靠身體自然回復。」Tracy道。

「我也動不了……」江河勉強可以開到口。

「那麼我們先登出，今晚再登入，那時我們的角色應該已經回復過來。」

「登出也會修復傷勢？」

「只要在帳篷中登出就可以。」

他們一起登出。

江河脫下夢之橋，「好肚餓呀！」

江河回到現實世界，感覺到快餓得暈倒，正常情況下，系統會因應玩家的身體狀況強制使玩家登出，不過當玩家身處於不能通訊空間同時面對魔物時，強制登出效果將會暫停啟動，當然如果玩家身體情況太糟，為了安全還是會啟動強制登出。

江河餓得頭暈眼眩，在抽屜中找到一包餅乾，才拆開包裝就狼吞虎嚥地把餅乾吃光，這包餅乾的重要性無異於沙漠中的水源，可是一包餅乾是無法填補江河腹中的黑洞，雖然廚房內還有麵條，不過他不想再花費氣力去煮，於是他換了件衫，外出覓食。

最近在香港發生了很多兇殺案，同時在全球各地都有大大小小的連環兇殺案，所有案件都指向一種猶如怪獸的人類，他們擁有強大力量，能夠徒手撕開別人，不過智力低下，只懂得無差別攻擊。有人說，他們就是電影中經常出現的喪屍。不過至今仍然沒有任何政府或組織提供確實資料，所有情報都只是透過網友們的猜測所組成。

太陽系，木星外。

庖丁坐在全自動駕駛宇宙母艦的艦橋上，看著眼前不停跳動的數據。「外星人停止咗入侵？唔通係發現咗我？」

當他以為外星人沒有再入侵大千世界時，幾台宇宙艦艇突兀地出現在母艦前方二萬公里外。

「原來係突襲，好，就等我同你哋玩下。」

庖丁實力已踏進神明一階，在不依靠裝備情況下於太空生存並非難事，他打開艦橋，去到母艦外。他握著一把由節能集團開發的光子大刀，面向眾外星艦艇。

光子大刀原理是把光粒子進行加速，加入由其他次元取得的「星光微塵」來扭曲光粒子，使它們能夠超越光速，當光粒子速度突破光速後，就會產生出一種等離子物質，這種等離子物質能夠互相結合，變成一種既非等離子，亦非固體的新物質形態。

據發明者說，這種物質能夠影響因果，所以把它命名為「因果粒子」。只要作為武器本體的刀柄沒有被破壞，由因果粒子製成的武器就不會消失，而且能夠一直運作。因果粒子還有其他特性，暫不多作詳述。

光子大刀的特性，剛好配合庖丁的其中一種異能——神鋒。神鋒是因果類異能，只要庖丁拿著擁有刀刃或他認為是刀劍的東西，他就可以引發「斬開」的結果，不管目標有多堅硬，在他的異能面前，是沒有斬不開的東西。

庖丁右手平舉，刀鋒對準眼前艦隊，使用神念說出一句話，「外星人，多多關照。」

光子大刀平淡揮出，兩萬里外的艦艇們在同一時間一分為二，爆炸不絕。庖丁看著遠方的煙花匯演甚為璀璨，可是在真空環境是無法聽到爆炸聲，使他感到一點遺憾。

地球，香港上水，石湖墟。

伊賀站在某唐樓天台，感觸道：「任何低等級次元，世界發展同埋文化都會極為相似，除非遇到大機緣，否則該次元只會一直『輪迴』。」

伊賀拿起酒杯，「依個係我見到嘅第幾個香港？」

「伊賀。」

「你嚟嗱？」伊賀背向那人道。

「唔係話只需要三個人？點解你用咗召集令？」

伊賀呼了一口氣，放下酒杯，站在天台圍牆上說：「係『先生』嘅意思。」

「點解？」

「唔清楚。」

「哦。」

伊賀跳下來，「蠱毒，其他人喺邊度？」

「其他人仲喺另一個三千世界。」蠱毒道。

「任務未完成？」

「完成咗，不過回歸通道關閉咗。」

伊賀緊張地抓著蠱毒肩膀，指甲都快要陷進去，「點解會咁？比世界神發現咗？」

「唔係，只係因為機器故障，所以通道關閉。」

「幾時會整返好？」

「未知。」

「……咁我哋執行住任務先。」

齒輪兄弟會繼續暗地裏保護這個地球。

江河登入遊戲，Tracy亦在相約時間登入。

江河的身體已經沒有那麼疼痛，不過生命條仍然不足四成；Tracy的情況更加差，她的骨折狀態仍在，雙手還是不能使用。

「那是……」江河指著中間石柱，在石柱上出現一個入口。

「應該是最後的房間。」Tracy道。

江河依舊作為先鋒，而且Tracy雙手失去活動能力，他更加要以身探路。

門後是一個密閉空間，成圓柱狀，應該就是剛才大殿中心的巨柱內部。當Tracy都進入石柱內部後，大門隨即關上，然後地板震動，隆隆作響。

「我們正向上移動中，這裏是升降台？」江河看著上方道。

「應該是最後的傳送，希望直接出現在寶物室吧！」以Tracy的目前狀態，已經近乎沒有任何戰鬥力。

升降台到達頂樓，是一個充滿濃霧的空間。

「怎麼辦？要進去嗎？」面對未知濃霧，江河不敢妄動。

「進去吧，我們手牽手，別失散。」

「但是你的手……」

Tracy小心翼翼地抬起手，「雖然不能大幅度活動，牽手還是做到的，而且我正在使用第三身模式，不會感覺到痛楚。」

「好，那麼我們走吧！」江河主動牽著Tracy的手。

濃霧中，江河總感覺到有東西在監視他們，使他精神繃緊、心跳加快。對於未知，人類總會先感到恐懼。

江河突然間感到喉嚨痕癢，壓不住身體的自然反應，使盡力氣地咳嗽。

「咳！咳咳！」

江河一手蓋著口，另一隻手按著胸口，「咳咳……霧有毒！Tracy？Tracy！」

江河因咳嗽而鬆開了Tracy的手，「Tracy！你在哪！？」

沒有任何回應，包圍著江河的濃霧使他看不到四周環境，更分不清東南西北。江河焦急萬分，Tracy沒有回答他就只有一個可能性——她被人抓住了。也許是陷阱、也許是隱藏在濃霧中的魔物，不管是甚麼原因，Tracy現在的情況都很危險。

「你好。」

「是誰？」江河問道。

濃霧突然消失，這個空間的真面目同時顯現，原來這裏是霜凍山脈的山頂，不，應該是跟霜凍山脈很相似的地方。

一個黑色的人影在江河前方出現，是一個立體投影。「我是法里路。」

「法里路？法里路不是身處於域界戰場嗎？」

「哦？原來你也認識我，沒錯，我是去了域界戰場，這是我出發前留下的分神。」

「分神？」

「是用道具留下一點意識，只是一具分身，要到達半神階才可以使用。」

「半神階？」

「原來你還未知道力量階梯。」

江河不明白法里路在說甚麼。

影子張開雙手，「不管如何，你都是第一位成功攻略了迷宮的玩家，我留下來的寶物就交付給你。」

「慢著！我的朋友呢？她是跟我一起組隊而來的！」

「Tracy Mak嗎？我已經把她送回迷宮入口。」

「為甚麼？」

「因為她是再生玩家，曾經死亡的玩家沒有資格得到我的寶藏。」

影子打了一個響指，江河面前出現了一個寶箱。

「這是你的獎勵。」

江河打開寶箱，系統馬上顯示出一堆道具名稱。

「道具獲得：白雷頭盔、白雷盔甲、白雷腕甲、白雷脛甲、白雷雙手巨劍、法里路城鑰匙、$1,000,000。」

「獲得稱號：法里路城之主。」

「這是……」

「身為異能域一份子，我有義務培訓出精英以壯大異能域，希望能夠與你在戰場上並肩作戰。」影子右手朝江河輕拍，江河感到有種冰涼氣息湧入身體，慢慢修復傷重軀體。

影子慢慢淡化，消失不見。

在影子消失後，濃霧再次出現，雖然江河不覺得取得寶物後還會遇到甚麼難關，但是出於本能反應還是馬上進入戒備狀態。

「江河？」

江河聽到**Tracy**在身後呼叫，他轉身一看，濃霧在剎那間消失，驚覺已經身處於霜凍山脈山腳。

「**Tracy**－」

「你取得寶物了？」

「嗯，給你看看。」

江河喚出裝備欄，他打算把白雷系列裝備交給Tracy觀看，誰知他才剛把裝備拖起移至交易視窗，系統就彈出警告。

「綁定裝備或道具不能交易或丟棄，如須銷毀道具請長按道具。」

「綁定裝備？」

「果然是綁定裝備，應該是傳說級裝備？」Tracy道。

「嗯。」

「太好了，那些裝備你就自己用吧，綁定裝備是無法交易的。」

「不過是我們一起完成迷宮的。」江河皺眉道。

Tracy搖頭說：「不要緊，法里路對我施展了完全回復，也送了兩枝『完全修復噴霧』給我。」

在遊戲中能夠配上「完全修復」字眼的道具都是極珍貴的，有它在手就等同多了一條生命。

突然有段訊息出現在二人眼前——

任務名稱：法里路城的革命
任務類別：系統任務（強制執行）
建議等級：N.A.
任務描述：法里路城的信物——法里路城鑰匙已經出現，為了使真正的繼承人能夠成功取得城主之位，請於一個月（現實時間）內攻陷法里路城，到達城堡地下室把鑰匙插進匙洞中，幫助玩家「江河」繼承城主之位。
完成條件：於一個月（現實時間）內把法里路城鑰匙帶到法里路城城堡地下室，並把鑰匙插進壁畫匙洞之內。
失敗懲罰：失去所有裝備及道具，包括由現在計起轉讓給別人的裝備及道具。
獎　　勵：城主之位

「革命任務！？」二人齊聲道。

「我們……我們只有兩個人，怎可能攻陷法里路城。」江河抓著頭道。

「系統不會派發必死任務給我們……對了！你先換上傳說級套裝。」

江河換上一身白銀色鎧甲，得到了白雷套裝的技能。

「跟我說說你得到了甚麼技能。」**Tracy**道。

「頭跟腳的套裝技能是『白雷薄膜』，鎧甲跟腕甲的套裝技能是『白雷解放』，另外整套防具再附加一個『白雷電漿』技能。」

「那麼武器技能呢？」

「武器……讓我看看，」江河換上白雷雙手巨劍，「是『致命白雷』。」

「嗯，我們先找個地方讓你熟習所有技能，你的套裝就是任務成功的關鍵。」

江河難以置信地看著自己，「我？我可以嗎？」

「不是可不可以，你只能夠成功，不，我們只能夠成功。」

道具名稱：白雷頭盔（綁定裝備）

分　　類：防具——頭盔

評　　級：傳說

解　　說：使用九天之外極為罕有的白雷鍛造而成的頭盔，與白雷脛甲一同使用會得到「白雷薄膜」技能。與白雷盔甲、白雷腕甲、白雷脛甲一同使用會得到「白雷電漿」技能。

配帶等級：40

價　　值：N.A.

道具名稱：白雷脛甲（綁定裝備）

分　　類：防具——腳部

評　　級：傳說

解　　說：使用九天之外極為罕有的白雷鍛造而成的脛甲，與白雷頭盔一同使用會得到「白雷薄膜」技能。與白雷頭盔、白雷盔甲、白雷腕甲一同使用會得到「白雷電漿」技能。

配帶等級：38

價　　值：N.A.

道具名稱：白雷盔甲（綁定裝備）

分　　類：防具——鎧甲

評　　級：傳說

解　　說：使用九天之外極為罕有的白雷鍛造而成的盔甲，與白雷腕甲一同使用會得到「白雷解放」技能。與白雷頭盔、白雷腕甲、白雷脛甲一同使用會得到「白雷電漿」技能。

配帶等級：41

價　　值：N.A.

道具名稱：白雷腕甲（綁定裝備）

分　　類：防具——鎧甲

評　　級：傳說

解　　說：使用九天之外極為罕有的白雷鍛造而成的盔甲，與白雷盔甲一同使用會得到「白雷解放」技能。與白雷頭盔、白雷盔甲、白雷脛甲一同使用會得到「白雷電漿」技能。

配帶等級：37

價　　值：N.A.

道具名稱：白雷雙手巨劍（綁定裝備）

分　　類：武器——雙手劍

評　　級：傳說

解　　說：使用九天之外極為罕有的白雷鍛造而成的雙手巨劍，劍身長兩米，劍刃上有多道閃電狀血槽，附加「致命白雷」技能。

配帶等級：37

價　　值：N.A.

名稱：白雷薄膜（主動）

種類：裝備

條件：裝備附加技能

描述：主動釋放出一陣白雷薄膜於身上，能免疫一切心靈攻擊，碰到薄膜的敵人會暫時麻痺1至5秒。

名稱：白雷解放（主動）

種類：裝備

條件：裝備附加技能

描述：掌心釋放出放射式的白雷，附加麻痺效果。

名稱：白雷電漿（主動）

種類：裝備

條件：裝備附加技能

描述：掌心釋放出電漿式的白雷，白雷電漿球會在3秒後發生爆炸，附加麻痺效果。

名稱：致命白雷（被動）

種類：裝備

條件：裝備附加技能

描述：當使用白雷雙手劍對敵人造成會心一擊時，會使對方附加10秒麻痺狀態。

彩虹樹洞，第十三層。

沒有地方比起彩虹樹洞更適合他們，特別是第十三層。在第十三層空間內有各種蛙類魔物，牠們對於雷屬性的攻擊免疫性近乎零。

Tracy懶洋洋地坐在一旁的石頭上，觀察著江河的戰鬥。

江河在戰場中左穿右插，滿頭汗水地揮舞著雙手巨劍。他一直以來都是使用單手劍，一下子要改變習慣，使用比自己還要長的雙手巨劍實在有點勉強，不單只攻擊速度變慢，就連準繩度都大大減弱。

「呀！」江河被彩虹牛蛙撞中後腰，在實感系統下的痛楚實在非筆墨可以形容，痛得他臉容繃緊，冷汗直冒。

魔物名稱：彩虹牛蛙
等　　級：32
種　　族：兩棲獸族
屬　　性：土

描　述：彩虹樹洞中獨有的牛蛙，喜歡與同類一起鳴叫，所造成的嘈音使人耳朵生痛。
特　性：被動、毒素

牛蛙一擊得手，歡天喜地地發出酷似牛吼的鳴叫。

江河吐出一口氣，緊握手上巨劍斜劈下去，牛蛙雙腳一撐往右邊閃開，江河馬上使用疾風劍氣，把巨劍的重量大幅度降低，同時提升了自己的速度，憑著突如其來的加速，在牛蛙還沒著地前就把牠一分為二。

「不可以使用疾風劍氣！！」**Tracy**猛然大喝。

「對……對不起。」

「假如你過於依賴疾風劍氣，那麼你其他異能不就等同廢掉嗎？」

注：每一把劍只能在同一時間發動一種異能。

江河繼續對付滿地都是的蛙魔物，蛙魔物們除了速度比較快外，攻擊力、防禦力等等對比起其他樓層的魔物要弱得多。彩虹樹蛙、彩虹青蛙、彩虹角蛙……一隻又一隻的蛙類魔物被江河消滅，他的傷口亦越來越多。

「單是對付牠們已弄得滿身傷痕，怎可能對付到法里路城城主？」Tracy指著江河喝道。

江河無奈低頭，雖然看起來還有一個月時間提升實力，但是並不是單純把等級提升上去就可以對付城主以及整個城池的守備軍，最重要的還是戰鬥技巧和反應，而這兩項東西都需要透過一次又一次的實戰慢慢累積。

法里路城，城堡內。

城主——戴倫斯在大殿內來回踱步，心緒不寧。

「城主，我們還未找到短劍所在！」

「那你來幹甚麼！？」戴倫斯右手一招，那個士兵就化為一個冰雕，戴倫斯的名字轉為紅色，身上散發出淡淡紅光。

「城主……」

戴倫斯吸了一大口氣，「總覺得有些事要發生，這種感覺很差，很差！！」

自從戴倫斯成為城主之後，他再沒有去冒險，單靠法里路城的收入足以讓他在現實世界擠身香港富豪榜五十名之內，任何人去到這個位置，都不會再冒著失去一切的風險去殺怪升等。

「到底會發生甚麼事？我不可以失去城池，我的未來全賴這裏……」

回到彩虹樹洞，江河仍在努力殺蛙。

「休息一會兒吧！」**Tracy**道。

江河收起雙手劍，坐在**Tracy**身旁，在前方起了一個篝火，魔物們恍如看不見他們。

「**Tracy**。」

「怎樣？」

「我想問你。」

Tracy左手一伸，赤紅短刀現於掌心，「你是想問我的過去？」

江河點頭。

Tracy左手一翻，收起了短刀，「好，那麼我就告訴你。」

Tracy Mak重生前的角色名稱為「惠儀」，取其與「慧怡」同音，是異能域最大公會——「深紅熊貓」的會長。

深紅熊貓之所以會成為最大公會，或多或少是因為Tracy的異能，她的異能很適合在大型戰爭中使用，一刀飛去，萬人盡化枯骨，多少場戰爭都憑其一刀之威而定下勝局。

公會日漸發展，慢慢變成全異能域最強大的公會，追隨者和分會遍佈整個異能大陸。然而，當公會如日方中之際，卻發生了一場令到公會出現重大改變的意外。

那天，深紅熊貓正被五個規模不小的公會圍攻，大軍兵臨城下，已經有不少會員戰死沙場。

「掩護我。」惠儀道。

副會長站在她身後，「遵命。」

惠儀站在高台上，俯視下方的五千聯軍，「焰刀一閃。」

她左手輕輕擲出短刀，短刀劃出一條紅線，飛入敵軍陣中，然後一個蘑菇雲就從陣中爆起，五千聯軍連同他們身上裝備一起被高溫火炎燒成灰燼。

「成功了，啊！你！」惠儀抓著從胸口透出的劍尖，難以置信道。

「會長，再見了。」副會長發動異能，惠儀的身體被切成一件件殘肢，身死道消。

惠儀的角色被系統抹除，幸好她有一個習慣，就是把一些次等重要的裝備收藏在世界各處，要不是她有這個習慣，她連翻盤的本錢都沒有。

「Tracy，你是打算？」

「我要報仇。」

「不過，你可以應付得了嗎？那是異能域的最大公會。」

「我現在還未可以……不過！我可以再創造一個公會，一個比深紅熊貓還要強大的公會！」

江河的心臟猛然一跳，他被Tracy的激情所感動，本來只為了找尋父母才進入遊戲，完全沒有想過要認真去對待這個遊戲，不過他的想法出現了一點改變，他想變得更強，幫助Tracy完成計劃。

「那麼我們只要拿下法里路城，就可以當作一個根據地開始發展。」江河握著拳頭道。

「江河，你……」

江河點頭，「我們一起拿下法里路城，在那裏開設公會！」

Tracy含淚點頭。

與此同時，現實世界，香港黃大仙。

梁去畫坐在家中唯一一件傢俱——木椅上，在窗旁觀看窗外景色，眼神沒有任何焦點，腦袋停止思考，活像一具行屍走肉。

「Hello。」

「邊個！？」梁去畫右手變得漆黑，指甲瞬間增長，朝身後聲音來源抓去。

「我嚟搵你係有件事想你幫手。」他身後的男人道。

「點解會抓唔中？明明已經瞄準咗佢……」梁去畫心中暗想。

那男人穿了一套黑色乾濕褸，還戴了一幅墨鏡。

「唔駛咁緊張。」那人笑道。

「你到底係乜嘢人？」

那人脫下墨鏡，「你可以叫我做『先生』。」

「先生？你唔通就係……」

先生微笑點頭，「不如等我帶你去另一個次元先？」

先生伸出右手，放在梁去畫肩上，後者眼前景象變得模糊，然後再次凝聚，他們就出現在一個草原上。

「這裏是？」

「九域爭霸次元。」

「你為何帶我來？」

先生掛著玩味笑容，「我想你助江河一臂之力。」

「江河？」

「怎樣？你不是都對他有興趣嗎？」

「哼。」

先生把一枚「傳送石」交到梁去畫手中，「這是九域爭霸的『傳送石』。」

梁去畫把玩著傳送石，問道：「我幹嘛要用它？」

「因為在設定上，你是不可以透過夢之橋進入這個次元。」

「為甚麼？」

先生臉色突然變得認真，「與你無關。」

梁去畫被先生的氣息嚇倒，馬上住嘴。

先生輕打一個響指，梁去畫就聽到一段系統訊息。

「等級提升至40，獲得道具：德古拉斗篷、漆黑緊身衣、貓腳步聲之靴、靜電手套、國王的頭盔。」

「這是甚麼意思？」

「其實我不想那麼快就讓你們接觸，不過時間不許可，所以讓你跳過升級步驟，直接升到四十等以幫助江河。順帶一提，你這遊戲中得到的所有裝備和道具都不可以帶離這個次元。」先生抱胸道。

「我為何要幫江河？」

「沒有任何原因，不過你一定會幫助他，就算我不拜託你，你都會幫助他。」先生自信滿滿道。

先生慢慢化作虛幻，消失於草原上。

「嘖，最討厭給別人操控的感覺。」

彩虹樹洞，第十三層。

經過了幾天訓練，江河已經能夠在沒有任何附加技能下控制好巨劍，不會再出現攻擊失準或是被魔物逃去的情況。

「做得不錯，是時候訓練你的裝備技能。」Tracy拍手道。

「那麼我就試試不發動異能，單純使用套裝技能擊殺魔物。」

江河再去獵殺魔物，他沒有特別挑選某一隻魔物，反正這裏的蛙類魔物實力都極為相近。

「先是你。」江河收起武器，空手走近彩虹樹蛙，他右手張開發動「白雷電漿」。白色雷電開始聚集於江河掌心之上，他感覺到手掌傳來一陣麻痺，原來白雷對他也有一定影響。當雷電進一步壓縮成電漿球後，江河右手往前一推，「去！」

電漿球快速飛往樹蛙，當它去到樹蛙前方時自動炸開，白雷從電漿球中散射而出，大量白雷擊在樹蛙身上，對於雷系技能完全沒有抗性的樹蛙，一下子就被白雷炸熟。

「很強的技能！」江河看著冒煙的掌心道。

「這招技能效果不錯，不過應該不能夠持續使用？」Tracy滿意地點頭道。

江河甩甩右手，吐吐舌頭說：「我猜用四至五下，手就會報廢。」

訓練繼續進行，時間一天一天過去。

在一次偶爾練等過程中，江河的白雷技能被某玩家看到，該玩家把這個情報賣給情報販子，經過情報販子的「加鹽加醋」，一個傳聞在西約望柏城以及法路里城附近傳開。

白雷法里路再次出現。

白雷法里路，正是法里路當年的稱號。

法里路重現的傳聞，使心緒不寧的戴倫斯更為緊張，全個九域爭霸世界中，只有他一個人知道他還未是法里路城的真正城主，他只是「城主代理人」。

任何城池都不能長期處於沒有主人的狀態，要成為城主，最簡單的方法就是把原城主殺掉，或得到城池信物。基於種種原因，例如：城主不再上線、城主離開了異能域、城主匿藏起來不再出現等，都會讓城主一位形同虛設，這個時候其他人就可以申請為該城的代理人。

戴倫斯成功申請為法里路城代理人後，對外宣稱自己找到了法里路的信物，所以成為了法里路城城主，除他以外根本沒有人知道真相，而法里路本人雖然得到系統提示，但是他已經身處於域界戰場，難以理會異能域的事情。

順帶一提，九域爭霸的出名玩家很少會在現實世界中表露身份，原因很簡單，要是被其他人知道該玩家擁有那麼多寶物、金錢或是地位，很有可能會被不法份子綁架，而歷史上亦出現過不少被人綁架及「撕票」的出名玩家。

戴倫斯叫了幾名心腹，讓他們把那位始作俑者——那位情報販子找了出來。

「城主大人，不知找小人來有何要事？」沒有人會想到這位一身粗衣麻布的男人，會是掌握了大量異能域情報的情報販子。

戴倫斯稍為散發出異能，讓殿內氣溫急降，「是誰把白雷法里路的情報告知於你？」

「大人，你知道我們是不可以出賣任何情報來源者。」

「別跟我來這套！」戴倫斯咆哮道。

「是……」

「快說！否則就殺了你！」戴倫斯高舉他那隻已結冰的右手。

情報販子舉高雙手，滿頭大汗說：「好好好，大家斯文人，動口不動手。」

「說！」

「那是一位五十二級玩家，那天他碰巧去到彩虹樹洞升等，路經第十三層迷宮時聽到雷聲巨響，於是就去看個究竟，誰知他看到有一位玩家身處於白色雷電之中，並操控白雷消滅魔物。」

「那人是誰？」

「那位目擊者只不過覺得有點新奇，能夠真正操控自然現象的異能不多，擁有這類技能的裝備更是鳳毛麟角，不過目擊者沒有太過在意，所以沒有記下白雷玩家的名字。」

「彩虹樹洞……還有沒有其他有關白雷玩家的情報？」

「他身穿一套白色鎧甲。」

「還有呢？」

「沒有了。」

「哼，你走吧！」

戴倫斯臉上陰沉不定，他覺得這位白雷玩家就是真正擁有法里路城信物的人。為了查清此事，他把幾位心腹呼喚過來。

「你們聽清楚，我要你們去彩虹樹洞找一位穿著全身白色鎧甲的玩家。」

「未知我們找到那位玩家後該怎樣做？」

「我想你們確認一下他是否能夠操控白色雷電，如是，付出任何代價都要把他殺死。」

「我們跟西約望柏城沒有外交關係，貿貿然在別人城中殺人，會引起對方的反感。」

戴倫斯全身布滿雪白冰霜，「你沒有聽清楚嗎？付出任何代價都要把那人殺掉。」

「是……」

彩虹樹洞。

「白雷解放！」白色雷電從江河掌心射出，白雷無差別地以扇狀放射攻往前方，幾頭彩虹蛙被無情白雷燒成焦屍，化作光點消散。

江河二人已經在第十三層花費了十天時間，持續訓練的成果就是江河已經掌握到各種技能之間的使用方法，以及適應了雙手巨劍的重量。

「Tracy，我們二人該如何對付整個法里路城？」

Tracy雙手指公按著太陽穴，閉目揉搓，「我們不需要正面攻入城池，反正敵在明，我們在暗……」

「那麼……要像刺客一樣潛入城堡？」

「要潛入並不是想像般容易，而且我們也沒有相關異能。」Tracy搖頭道。

「這樣我們不就只剩下死路一條嗎？」

「不，我打算製造一場煙幕。」

「願聞其詳。」

Tracy左手抱胸，右手托著下巴，在江河身前來回踱步，「既然你擁有法里路城的信物，也就是說戴倫斯只不過是代理城主，代理城主都有一個共同點，就是懼怕真正城主把城池搶回去，所以我們只需要刻意洩露法里路城信物出現的情報，再把戴倫斯的注意力分散到其他地方，自然可以為我們爭取到一線機會。」

「明白，那麼我們盡快去執行吧！」

另一方面，戴倫斯的三位心腹已經到達了彩虹樹洞入口，他們三人分別為：絕對．魔皇，等級四十九；David乂大衛，等級五十二；秦始皇，等級六十。

他們三人都穿了同款式套裝：暗綠色斗篷、深灰長袖布衣、純黑色西褲。這一套套裝，是法里路城親衛隊的標誌。

「我們先去第十三層，希望那人還在吧。」絕對．魔皇道。

秦始皇一聲不響，走進洞中。

David乂大衛鬆鬆筋骨，「唉，都不知道接下來該怎樣避開西約望柏城軍隊的追殺，還有他們背後的『逐日』公會。」

「都不知道城主幹嘛那麼衝動。」絕對．魔皇無奈搖頭道。

江河二人並不知道有三位強大敵人，正朝他們慢慢接近。

「我們先登出吧！」Tracy道。

「好。」

二人登出遊戲，回到現實世界。就在他們登出後，那三人就去到第十三層空間。

「沒有人在。」

「真可惜。」

「不知道要花多少時間才能找到他出來。」

翌日，現實世界。

江河跟慧怡一起去了某咖啡店。

「我哋要開始制定戰術，希望喺三日之後就可以執行。」慧怡道。

慧怡穿了一件剛巧遮蓋著肚子的短袖T恤，若穩若現的肚皮更能吸引男人的注意力，江河也是男人，當然也被她的蠻腰弄得分神。

「喂！」

「係！」

「我話，係時候要計劃好跟住落嚟要點做啦！」慧怡皺眉道。

江河不停點頭。

慧怡按著額頭搖頭，拿出一台平板電腦，「唔，我打算咁樣做……」

慧怡的計劃是先讓江河在柏柏尼小鎮出現，還要是高調出現，要他四處發放自己將會進入柏柏尼森林的消息，當他進入森林後就馬上換裝，從另一個位置離開森林返回法里路城。戴倫斯一定會被這個消息所吸引，應該會派出軍隊去尋找江河，那麼就能夠大幅度減少城中駐軍數目，降低潛入難度。

就算戴倫斯發現城他們在城內出現時，已經無法召回去了柏柏尼小鎮的士兵，只因柏柏尼小鎮是沒有傳送陣的。

江河右手掌心按著額頭，「不過你點解咁肯定戴倫斯會派人嚟搵我？」

「因為佢只係代理城主，代理城主最怕就係任何同信物或者真正城主有關嘅消息出現。」慧怡嘴角上揚道。

「咁一於今晚就行動。」江河拍手道。

下午，慧怡要跟父母去尖沙嘴吃自助午餐，於是江河自己一個人回到家中，進入遊戲繼續訓練。

「神經連接完成，靈魂接收，登入座標確定，異能域——彩虹樹洞第13層。」

江河解除登入保護，附近的魔物和玩家隨即出現。

「咦？竟然有其他玩家？」

江河看到遠處有一位玩家在休息，那人的名字是**David**乂大衛。

David乂大衛發現江河登入，不由一驚，他本來只是打算在洞中偷懶，卻意外發現目標人物。他鬆鬆筋骨，拿著慣用的武器——關刀。

David慢慢走近江河，江河留意到他拿著武器的兇悍樣子，知道他絕對不是善男信女。

「你就是白雷使用者？」David問道。

江河沒有回答他，只是牢牢的抓著雙手巨劍劍柄，既然眼前人是為了白雷而來，那麼極有可能就是戴倫斯的手下。

返回十二層的出口在David身後，上去十四層的入口則在江河右方。

「要幹掉他！直接使用疾風劍氣嗎？」江河心中盤算。

「你以為不說話就可以了嗎？」

David提著關刀躍起，江河舉起雙手巨劍，黃土劍氣已經發動。當David發動攻擊的瞬間，他的名子就轉成紅色，身上散發出淡淡紅光。

關刀重擊在劍身，劍刃旁的碎石自動在劍刃前集結成盾，大幅度減弱了關刀攻擊力。

「是石頭？」David驚訝道。

江河緊握巨劍提氣頂上，把敵人頂開。

「疾風劍氣。」江河使用異能加速，往十四樓入口跑去。

「想逃？」

David緊隨其後，然而速度比不上發動了異能的江河。江河踏進傳送陣，身體開始消失，傳送往第十四層空間。David收起關刀，盡可能加快速度。

「別以為這樣就可以逃掉！」

第十四層傳送陣旁，江河出現。

「還有三秒……二……一！」江河轉身重回傳送陣，他的身體開始消失，傳送回去第十三層空間。

在江河剛離去的瞬間，David剛好到達第十四層。「那傢伙呢？他幹嘛會逃得那麼快？是異能嗎？」

江河回到第十三層，頭也不回就往第十二層跑去。「他們的目標只是我，我要先離開這裏。」

幸好其餘二人正身處城內其他地方，而David自信能夠以一己之力殺死江河，所以沒有告知其餘二人江河出現的情報。

江河收起巨劍，換上重量較輕的綠蹤劍，發動疾風劍氣加速逃去。在逃跑的過程中，他換回狂犬、風狼套裝。

江河心中暗想：「他們一定是知道了白雷套裝的外觀，所以剛才那個人才會肯定我就是白雷使用者。希望剛才那人沒有記下我的名字……」

David以為江河仍然往上層逃去，所以往上追。「那小子跑得真快，對了！那小子叫甚麼名字？」

David的記憶力很差，或許是跟他的吸毒習慣有關。

江河走過一層又一層，終於到達彩虹樹洞入口，他確定沒有被人跟蹤後，趕往城內某旅館內登出。

江河脫下夢之橋，拿出電話致電予慧怡。

「喂？」江河道。

「喂？江河？」

「我頭先登入嗰陣遇到個殺手，佢乜都唔講就出手殺我。」

「咁你記唔記得佢個名？」

江河抓著頭髮努力回想，「記得，係叫做**David**交叉大衛。」

「交叉？」

「用速成打個大字會出嗰個交叉。」

「哦……我搵搵佢嘅資料先。」

「好，一陣見。」江河掛斷通話後沒有馬上登入遊戲，他想乘著這個機會好好思考現在的處境，而且那些追捕他的人也許仍在城內，不適合馬上出現。

他瀏覽官方遊戲論壇，點擊進九域爭霸的異能域板塊，搜尋所有有關法里路城的資料，經過半個小時的瀏覽，他對法里路城戰力有了一個粗略的概念。

「我撞到嗰條友應該就係城主親衛兵……如果有機會將佢殺死，咁就可以削弱城主嘅戰力。」

江河拿出紙筆，寫下一切可以把**David**幹掉的可行方法。

「神經連接完成，靈魂接收，登入座標確定，異能域——西約望柏城。」

江河離開旅館，去到大街上，他沒有發現任何異樣，也沒有看到法里路城親衛隊成員。

「我登入了。」**Tracy**從彩虹樹洞傳來訊息。

「你去附近樓層看看有沒有一位紅字玩家，他的名字是**David**又大衛。」

「沒有問題，你先在旅館等待。」

「你要小心，發現他的行蹤後立刻離開，千萬別單獨應戰。」

「我知道要怎樣做。」**Tracy**在附近樓層探索，都找不到江河口中那人，於是她離開了樹洞，去到旅館與江河會合。

旅館內。

「我們現在該怎麼辦？」江河雙手托頭問道。

Tracy摩擦掌心，「去法里路城。」

「甚麼？」

「他們一定想不到我們會在這個時候前往法里路城。」

「……好！死就死吧！」

「不，我們不是送死，而是送他們去死。」

在某個未知的大千世界內，有一個小千世界內沒有半顆星球，有的只是在宇宙中飄浮的宇宙艦艇。這些宇宙艦艇外表光滑，全黑色的，除了可以融入宇宙的黑暗外，更是近乎100%光線吸收的太陽能板，能夠吸收所有光線轉化為艦內的能量。

眾多艦艇皆跟隨著一艘巨大艦艇飄浮。

在巨大艦艇的艦橋有兩個人。

「世界神已經決定了下一個目標。」戴著面具的人道。

「那麼先派遣先頭部隊去探路。」他左邊身都已改造成機械，是很重機械感的風格。

「是。」面具人躬身道。

半機械人用左手按在身前凸起的圓柱上，一團黃色的電流從圓柱流入他體系，他的意識和宇宙艦艇連在一起，然後他就可以單純使用意識來操控艦艇，甚至可以使用艦艇內的一切系統，包括通訊系統。

「所有人聽令！立刻使用大千世界跳躍系統，目標是W1X21Y447Z34，到達目標後立刻開啟擬態系統待命。」

半機械人啟到大千世界跳躍系統，最先跳躍到大千世界與大千世界之間的亂流，至於其餘艦艇也相繼跳躍，一起去到目標地點待命。

「前方就是今次的目標。」

在艦隊前方，有一個巨大的球體，巨大得看不到盡頭。

「是新發現的大千世界，能量存量很大。」

面具人忙完一輪，把先頭部隊發射出了去後，問：「既然這個大千世界的能量那麼多，我們能夠應付到他們的世界神？」

「要相信啟。」半機械人冷冷道。

「是。」

艦艇射出了很多圓筒，圓筒向不同的方向飛去，插入了球體的表面，接著圓筒前方有一個鑽頭伸出，鑽了入去球體內部。

「所有探子已入侵到目標世界。」面具人道。

「好，所有人使用擬態系統待命，只要收集到足夠情報就發動『世界壁剝離炮』給它開個大洞！」

SYSTEM大千世界內，身在伊甸園的李懷感到有點古怪。

「這種感覺。」李懷皺起眉頭道。

張洛臥在生命樹的樹枝上，懶洋洋問道：「甚麼事？」

「我感覺到有外來物進入了**SYSTEM**。」

「外來物？」張洛從樹上跳了下來，「是廖遠吉所估計的事！」

「除了我們之外，世界之外還有其他的世界！」李懷握拳道。

「他們位置在？」

「我已經鎖定了他們，你跟我去看看他們是甚麼東西。」李懷雙手捏個法訣，他和張洛腳下就有特別的術式出現，然後二人一同在伊甸園消失。

入侵了SYSTEM的裝置分別去到不同的小千世界，它們破壞了小千世界的間壁，穿入小千世界內部，接著外殼爆開，一個個小圓球掉落到四處都是。

「那枝東西就是入侵者。」李懷指著尚未爆開的圓筒道。

張洛也感應到那圓筒散發著神秘的氣息、特別的味道，並不是SYSTEM內的物品。

「它不是生物。」張洛道。

「是，入侵的都是這些圓筒，這個次元交給你負責，我去其他次元捕捉他們。」

「聯絡了廖遠吉？」

「已通知他了。」

同一時間，在另一個中階醫學小千世界。

穿著雪白布袍的廖永祥，在一個人跡罕至的森林中，站在小溪內的濕滑石頭上，手中拿著一枝圓筒。

「就是這東西？」廖永祥把圓筒收入神域。

遠吉神域內，四名少殿主圍著那根圓筒。

「這是父神說要小心的東西。」標童伸出利爪道。

「有甚麼要小心。」杏霜伸手想拿起圓筒。

「不要妄動！」標童喝道。

杏霜不理會標童的阻止，一手就拿起圓筒。

在杏霜接觸到圓筒的瞬間，圓筒就爆開，擁有絕佳動態視力的她，立刻鬆開手，再把迎面飛來的圓珠通通接住。

同一時間，標童已經獸化，伸手抓向四散的圓珠，把它們通通捕獲。

「杏霜！你有沒有受傷？」標童緊張問道。

「當然沒有！」杏霜拍拍胸口道。

薑汁看著杏霜手中的圓珠，雙眼發亮，「可以給我玩嗎？」

對於閃閃發光的東西，薑汁是沒有任何抵抗力。

「可以！」杏霜伸出手。

「不可以！」標童把杏霜的圓珠都搶過來。

廖永祥進入神域，出現在四人中間。

「我不是說了要小心處理它嗎？」廖永祥冷冷道。

四人頓時嚇了一跳，不敢作聲。

「杏霜！」廖永祥暴喝一聲，杏霜頓時瞪大雙眼，冷汗流個不停。

「我我我……我只是……」杏霜一邊說，一邊往後退。

「唉，罷了。」廖永祥望向標童，伸出右手，「把東西都交給我處理。」

標童把圓珠都交給廖永祥。

廖永祥拿起其中一粒圓珠，感到一陣冰涼，他用神識掃瞄，透視圓珠的內部。「是一種科技造物，不是此大千世界的科技，依我推算，它能夠探查整個小千世界的數據再傳送回去，那根圓筒可以隨意穿越大千世界的晶壁？不，應該是在晶壁出開了個缺口。」

廖永祥運行鬼道之力，製造出一個黑盒，把圓珠通通放進黑盒內，再用禁制封印，把黑盒掉入遠吉塔中鎮壓。

「分身們聽令，我把所有所得的座標傳送給你們，你們去把整個大千世界的入侵物都給我回收回來，另外，無間你動用所有分身到不同域界搜索，以防有漏網之魚。」廖永祥心中默念。

在始動次元各個域界的分身，聽到廖永祥的命令後，一一啟程，前往不同的小千世界捕獲入侵物。

另一邊廂，李懷拿著圓筒，看著藍天眉頭深鎖。

「怎樣？」已把圓筒都捕獲的張洛出現在李懷身旁。

李懷搖搖圓筒，「這只是他們的第一波入侵。」

「他們有多強？」

李懷搖頭，咬唇道：「不知道。」

「廖遠吉有何對策？」

「沒有。」

「那麼——」

「知己知彼，百戰百勝，我去試一試他們的實力。」

「不過你已經是唯一的神明七階，是**SYSTEM**的代言人，若你出了意外，等同斷送了整個大千世界。」

「我不去，誰去？」

「我去。」廖永祥的聲音在遠方出現。

穿著一身紅色鎧甲的廖永祥，身後有四人相隨。

「此時交由我去處理，敵人是我們的敵人，若**SYSTEM**也抵抗不了外敵，下一個遭殃的就是遠吉大千世界。」廖永祥道。

「你打算如何處理？」李懷問道。

「正面驅逐。」

「那是在大千世界以外，你可補充不了能量。」李懷捏著下巴道。

「沒有能量就逃。」廖永祥理常當然道。

「那麼就交給你了。」李懷拍拍廖永祥的肩膀道。

「放心，我一定會試出他們的底細。」

於是，廖永祥就帶同四時將，利用李懷所開啟的洞口離開了大千世界，去到外敵駐守的空間。

巨大浮空艦——世界號內。

「嘩！他們就是其他大千世界的人！」尼古拉甚是興奮道。

「殿主，他們人數眾多，可要小心。」夢炎有點擔憂。

「不用怕，我先派修真去會一會他們。」說罷，一個跟廖永祥相貌相似的青年男子出現在他身旁。

「本尊。」修真恭敬地拱手道。

「靠你了。」廖永祥道。

「是。」修真作輕煙消散，然後出現在對面的艦群之前。

修真手執仙劍，掃視眾敵，「先來試試你們的防禦力。」

修真擲出仙劍，接著以真元力牽引，仙劍在他的操控下衝向為首的艦艇。

艦艇內，半機械人早就見到世界號出現，也知道修真發動了攻擊。

「是大千世界的戰士，很好，就試試他們的威力有多強。」

艦艇射出幾百枚圓珠，圓珠飛到艦前散開，圓珠與圓珠之間有藍色光芒連在一起，光芒漸漸變得凝實，變成如像結晶的東西。

世界號內，廖永祥看著那團晶體，眉毛皺在一起。

「可以做出如同世界晶壁的防禦網，此敵非比尋常，或許……這就是我的大劫。」

SYSTEM大千世界，大陽次元，伊甸園。

在人類的起源地——伊甸園上，有兩個男人坐在知善惡樹下乘涼。

「你已經完成了『力量回饋』？」紅色虹膜的俊美少男問道。

穿著白色短衫、淺藍色牛仔褲的年輕人伸了個懶腰，靠在樹幹懶洋洋道：「是，累死我了。」

「別再裝了，可以有多累？你是第一位超脫於大千世界的傳奇人物，所謂的力量回饋不過輕而易舉。」美少男嘴角上揚道。

「閒話少說，李懷，我的計劃你考慮成怎樣？」那人問道。

李懷摸摸嘴唇，眉頭鎖上，又再放鬆，快要說出口的一句話又吞到肚子裡。

「幹嘛？」那人不耐煩問道。

「那可是你的三千世界，你確定要這樣做？」李懷揉搓著下巴問道。

「唇亡齒寒，若果SYSTEM大千世界出了事，我也不可能獨善其身，加上在我尚未找到方法幫所有人超脫前，我是絕對不會讓SYSTEM有事。」那人眼神堅定道。

「好吧，廖永祥。」李懷站起身，伸出右手，「我們一起合作，實現你的計劃。」

廖永祥握著李懷的手，「一言為定。」

在較早時間，成功超脫於大千世界的廖永祥，有了一個想法，既然他可以開闢大千世界，既然世間上並不只有一個大千世界，那麼自然會有更多的大千世界。

人性本惡，生物的本性也是惡，所謂的惡就是影響到別人，為了生存、為了慾望，害傷別人是生物的本能。

既然他假設會有外敵入侵，在外敵出現前就要做好最好的準備，廖永祥想了一個方法，就是改造遠吉大千世界的結構，讓它包圍住整個SYSTEM大千世界，再刻意製造較為脆弱的位置，讓敵人從缺口入侵，再布下重兵鎮守，殺死所有入侵者。

為了提升士兵的實力，廖永祥想到借用自己的大千世界力量去幫助SYSTEM大千世界的居民提升實力，讓他們成為彼此的大千世界保衛軍，以應付日後或許會出現的入侵者。

廖永祥打算以「虛擬遊戲」作為掩飾，以遊戲來模仿真正的戰場來訓練士兵的實力和心性，借助李懷的權限，他們可以動用兩個大千世界的力量聯手開創一個全新的「融合小千世界」作為兩個大千世界的橋樑，以此徵召和訓練出最強大的軍隊。

「可是這樣做，你的世界結構會變得不完善。」李懷道。

「不要緊，我只是改變了大千世界的形態，沒有影響其本質，只會影響到日後發展。」廖永祥道。

「若你主意已決，我也不會多加阻止，反正受惠的是SYSTEM。」李懷笑道。

「互惠互利，各取所須。」廖永祥看著頂上飄搖的樹冠，看著在葉間滲入的和暖陽光，「此世界被毀，遠吉世界也必滅亡。」

李懷點點頭。

「所以我們要快點準備。」廖永祥站起來道。

「何時開始？」

「就在一年後，我需要一年時間去設計遠吉世界的改造，你就先幫我制定『融合小千世界』的規則。」

「沒有問題。」

「那麼一年後見。」說罷，廖永祥的身體漸漸消失，消失在整個大千世界。

廖永祥返回遠吉大千世界後，著手研究改變大千世界形態的方法，對他來說，整個大千世界就是一個外放的神域，他可以憑藉自己的心意去改變世界的一切，不過要改變整個大千世界的平態時，就需要面對不少問題。

可是，在他們的計劃還未正式實行前，李懷就探知到大千世界已被入侵，於是他聯同張洛和廖永祥一起把入侵物抽出，而廖永祥更帶同四時將前往試探外敵實力，最後在廖永祥的全力猛攻下，把敵人迫退。

廖永祥把握敵人退兵的時機，立刻改造遠吉大千世界，讓遠吉大千世界包圍SYSTEM大千世界，成為一層外膜，接著和李懷聯手，創造出融合小千世界——九域小千世界。

然而他們的計劃未有成功抵抗入侵，儘管已有遠吉大千世界作為屏障，來自啟大千世界的敵人依舊找到方法入侵到SYSTEM大千世界，令到廖永祥知道只在防備是沒有用，現在他們已身陷一場戰爭之中，是大千世界之間的戰爭，若要停止敵人的行動，就需要反過來入侵對方的世界，破壞他們的根基。

為此，廖永祥決定親身前往啟大千世界，從內而外破壞他們，可惜他低估了入侵者的實力，身陷九死一生的困局。

亂之章■完

to be continued...

ROUND 01

作者

歐子爭

編輯 / 校對

小雨

封面 / 內文設計

RICKY LEUNG

出版

孤泣工作室有限公司

新界荃灣灰窰角街6號 DANG 20樓A室

發行

一代匯集

九龍旺角塘尾道64號龍駒企業大廈10樓B & D室

承印

美雅印刷製本有限公司

九龍觀塘榮業街6號海濱工業大廈4字樓A室

出版日期

2020年7月

ISBN 978-988-79940-2-2

HKD **$98**

孤出版